QUER
VERLAG

Anne Köpfer und Eike Stedefeldt

Wie das Leben so schielt

Geschichten

Frauenzentrum Paula Panke e.V.

© Querverlag GmbH, Berlin 1997

Erste Auflage September 1997

Alle Rechte vorbehalten. Kein Teil des Werkes darf in irgendeiner Form (durch Fotokopie, Mikrofilm oder ein anderes Verfahren) ohne schriftliche Genehmigung des Verlages reproduziert oder unter Verwendung elektronischer Systeme verarbeitet, vervielfältigt oder verbreitet werden.

Umschlag und graphische Realisierung von Sergio Vitale
Gesamtherstellung: Druckhaus Köthen
ISBN 3-89656-022-0
Printed in Germany

Bitte fordern Sie unser Gesamtverzeichnis an:
Querverlag GmbH, Akazienstraße 25, D-10823 Berlin

Inhalt

Vorwarnung 7

Schwestern und andere warme Brüder

    Kleine dumme Ostrezeptoren 11
    Löwenthals Vermächtnis 21
    Die Macht des Puders 32
    Scheißverklemmte Stinolesbe 38
    Beides überlebt 43

Wege zum Erfolg

    Kreuzweise 46
    Heiße Ware 50
    Der Kafka von Köpenick 60
    Homo-Bild kämpft für Sie! 65

Irre machen gilt nicht

    Eine erfahrene Frau 72
    Sommerlochverband anno '94 79
    Einundneunzig 4: Musik mit Gefühl 83
    Unbeteiligt beteiligt 86

Wie das Leben so schielt

    Sind Sie entscheidungsfreudig? 96
    Das Einmaleins der Rosenzucht 101
    Das sechste Gebot 104
    Bunter Harlekin 111

Soziale Jahrmarktwirtschaft

Verzögerungen melden Sie bitte 122
Aus technischen Gründen geöffnet 130
An die Wand mit dem Produkt 134
Der kleine Bahnfreund 138

Glossar 143

Vorwarnung

Da haben Sie den Salat! Hätten uns nicht Buchläden, Bibliotheken, Seniorenheime, ja sogar Lesben- und Schwulenzentren unter Androhung von Honoraren in kaum zu ignorierender Höhe zu wiederholten Lesungen gezwungen, dann wäre Ihnen unser drittes Buch mit Sicherheit erspart geblieben.

Haben Sie eigentlich schon mal darüber nachgedacht, wie es ist, wenn Sie zum hundertstenmal die eigenen Texte vortragen müssen? Sie werden einwenden, das bißchen Vorlesen könne ja wohl so schlimm nicht sein. Gut, im Prinzip nicht. Aber wir sind zu zweit, lesen im Wechsel, und das ist weiß Gott ein hartes Brot!

Wenn Stedefeldt doch nur einen Funken Humor besäße. Mit Leidensbittermiene neben ihm ausharren zu müssen, wenn er mit Grabesstimme einen seiner ellenlangen pseudophilosophischen Ergüsse abläßt, das ist schon Schwerstarbeit.

Bei jeder von Annes Storys schon drei Seiten vorher zu wissen, wann sich das Publikum vor Freude auf die Schenkel klopft, wäre ja noch zu ertragen. Aber stets aufs neue herzhaft mitschmunzeln zu müssen ist die reine Folter. Zweifellos werde ich mich eines Tages totlachen.

Vor kurzem erhielt ich einen Anruf von einem Bestattungsinstitut: „Frau Köpfer, unsere Innung hat Sie zum Gesicht '97 gewählt!"

Vor kurzem erhielt ich einen Anruf von einem Verhaltenspsychologen: „Herr Stedefeldt, ich habe Sie genau beobachtet. Sie sollten unbedingt etwas gegen Ihr zwanghaftes Grinsen unternehmen …"

Der erste Schritt, Totengräber und Seelenklempner zu entrinnen, so rieten uns Freunde, wäre, ganz neue Geschichten zu schreiben. Die nächsthöhere Therapiestufe könne dann darin bestehen, die Genres zu tauschen: Stedefeldt die Komik, Köpfer die Tragik.

Doch bekanntlich schadet blinder Eifer nur, und folglich haben wir uns entschlossen, nichts zu überstürzen. Hier haben Sie also zunächst unsere neuen Geschichten, und das mit dem Genretausch überlegen wir uns noch mal in aller Ruhe. Bis zum nächsten Buch.

Anne Köpfer, Eike Stedefeldt

Schwestern und
andere
warme Brüder

Kleine dumme Ostrezeptoren

Anne Köpfer

Ich muß gestehen: Ein dunkler Hang nach Ausschweifung, Verruchtheit und Verbotenem nistet in meiner Seele. Meine durchzechten Nächte nach Schichtschluß im *Esterházy-Keller*, die privaten Kontakte zu einer staatlich sanktionierten Edelnutte vom *Hotel Unter den Linden*, die geschickte Fälschung mehrerer Krankenscheine, meine heimlichen Treffs mit der Gattin eines ranghohen Stasioffiziers ... Keine dieser finsteren Taten wider die sozialistische Moral vermochten mir jedoch dieses ersehnte Gefühl der Verderbtheit, des unterschwellig Bösen zu verschaffen.

Wie eine Ertrinkende, die nach stundenlangem Umherirren in eiskalten Fluten das rettende Schlauchboot findet, begrüßte ich das Fallen der Mauer. Endlich war die Gelegenheit da, meine dunklen Phantasien auszuleben. Der Sumpf der Metropolen lag mit ausgebreiteten, schlammigen Armen vor mir. Ich brauchte nur noch die Hosenbeine hochzukrempeln und mutig hineinzuwaten.

Bahnhöfen sagt man nach, sie hätten das Flair des Unsteten, ein leichter Hauch von abgestandenem Großstadtmief, Fernweh und Abenteuer streife durch die zugigen Gänge. Ein Tummelplatz der Stricher und Kleinkriminellen, der Gestrandeten dieser Welt. Dort gedenke ich erste Studien zu treiben.

Seit zwei Stunden stehe ich mir in der unteren Bahnhofshalle die Beine in den Bauch. Lässig halte ich die Bierbüchse in der einen und die Zigarette in der anderen Hand. Ein Glück, daß ich meine dicke Lederjacke anhabe, denn es ist saukalt. Kein Mensch beachtet mich. Man müßte irgendwie Kontakt aufnehmen. Sonst werde ich nie erfahren, wo hier die Sünde wohnt. Ich will schon aufgeben, da nähert sich mir eine wankende Gestalt. Erfreut blicke ich auf.

„Haste mal 'n bißchen Kleingeld?" herrscht mich eine rauhe Stimme an. Ich drücke dem aus der Nähe unzweifelhaft als weiblich zu identifizierenden Wesen eine Mark in die Hand und beginne höflich: „Sagen Sie bitte …"

„Hör mal druff, Alte", knurrt es mir entgegen, „wennste für die Scheißmark een abendfüllendes Projramm erwartest, liegste bei mir schief. Und nu mach 'ne Flocke. Da, wo du jetzt stehst, schlaf ick immer." Vorsichtshalber begebe ich mich ein paar Meter weiter weg. Entsetzt sehe ich zu, wie sie einen völlig verkeimten Schlafsack ausrollt.

„Nischt für unjut", tönt es zu mir herüber, „wennste keene Bleibe hast, kannste bei mir pennen. Aber wehe, wennste schnarchst. Da fliegste raus außem Sack."

Sünde hin, Verderbtheit her. Die Vorstellung, meine ausschweifende Phantasie ausgerechnet auf den dreckigen Fliesen des Hauptbahnhofs in einem Schlafsack zweifelhafter Herkunft zu befriedigen, jagt mir doch etliche, keineswegs erotische Schauer zwischen die Schulterblätter. Wortlos stelle ich meine noch halbvolle Bierbüchse auf den Boden und blicke suchend nach dem Ausgang.

„Zieh Finger, Oma", grölt es hinter mir her, „die Altersheime schließen um Mitternacht." Restlos bedient nehme ich mir ein Taxi.

Etlicher Tage bedurfte es schon, mich von diesem frustrierenden Erlebnis einigermaßen zu erholen. Gewiß, ich war nicht mehr taufrisch, aber mich deswegen gleich ins Altenheim verbannen zu wollen ... Nachdenklich betrachtete ich mich im Spiegel. Mit der Ledermütze, dem Nasenring – der zwar hundsgemein drückte, aber ein paar Stunden hielt ich das schon aus – und der riesigen Sonnenbrille fand ich mich doch ziemlich jugendlich-verwegen aussehend. Es konnte eigentlich nur daran gelegen haben, daß unser ehemaliger Ostbahnhof in puncto Verruchtheit noch immer nicht westlichem Standard entspricht.

Mittels einer Gartenschere schneide ich mir einige faustgroße Löcher in die neuen Jeans und fahre mit der S-Bahn in Richtung Zoologischer Garten. Diesmal halte ich mich gar nicht erst in der Bahnhofshalle auf, sondern wende mich zielstrebig einem Etablissement mit dem vielversprechenden Namen *Zur feuchten Ritze* zu. Hier scheine ich endlich an der richtigen Adresse zu sein. An der Bar lümmeln sich einige für diese Jahreszeit recht dürftig gekleidete Damen, an einem Tisch im Hintergrund spielen ein paar Typen Karten. Lässig schiebe ich mich an den Tresen, um erste Kontakte zu knüpfen.

„Gestatten Sie, daß ich mich vorstelle. Mein Name ist ..."

„James Bond", kreischt eine der Damen und haut sich vor Vergnügen auf die nackten Schenkel.

„Nee, Irma, det is Humphrey Bogart nach der Sechzig-Grad-Wäsche", wiehert eine Blondine.

„Quatsch", brüllt eine üppige Brünette, „dis kann nur Michael Jackson aus der Mini-Playback-Show sein!"

Ich hatte mir das alles zwar ein bißchen anders vorgestellt, aber mit einiger Zufriedenheit konstatiere ich, doch etwas Stimmung in den Laden gebracht zu haben. Ich denke gerade darüber nach, wie diese hochinteressante Konversation in für mich genehmere Bahnen zu lenken sei, da spüre ich eine eisenharte Faust im Genick.

„Nu haste genuch Spaß gehabt, Lesbe. Das hier ist ein anständiger Puff", höre ich eine rauhe Männerstimme. Noch im Flug aus dem Lokal in den gegenüberliegenden Rinnstein überlege ich, was ich nun wieder falsch gemacht haben könnte.

Allmählich vernarbten die Wunden, und auch die im schönsten Violett schimmernden Blutergüsse waren einem freundlicheren Grün-Gelb gewichen. Im rechten Schultergelenk spürte ich hin und wieder noch dieses unangenehme Zerren, aber ich konnte mich bereits wieder alleine anziehen. Dieses unliebsame Erlebnis in der *Feuchten Ritze* ließ eigentlich nur einen Schluß zu: Ich hatte das verkehrte Lokal gewählt! Da ich zwar weiterhin äußerst begierig, aber nicht unbedingt lebensmüde war, beschloß ich, beim nächsten Mal etwas vorsichtiger zu sein. Nochmals wollte ich mich nicht leichtfertig in die brutalen Hände irgendwelcher abgefeimter Zuhälter begeben.

Sorgfältig studiere ich die Kontaktanzeigen eines bekannten Stadtmagazins. Das Angebot ist im höchsten Maße verwirrend. „Zu ‚Lila Nächte' eile ich geschwind, weil dort tanzende Frauen sind …" Klingt ein bißchen langweilig, so nach Fernsehballett im Seniorentreff. „Mathilde sucht reife Nymphe mit starker Behaarung und Lust auf Extremstellungen. Belohnung garantiert." Meine Nackenhaare beginnen sich leicht zu kräuseln. Das muß an dem Wort Belohnung liegen. Gerade noch rechtzeitig fällt mir ein, daß mein eben erst genesener Körper Extremstellungen nicht gewachsen sein dürfte. Mal abgesehen von der gewünschten starken Behaarung. Eigentlich schade. Belohnung hört sich wirklich gut an. Also weiter im Text. „Junge lustvolle Zahnarzthelferin mit großer Oberweite und kurzem Kittel sucht …" Allein die Worte lustvoll und Zahnarzthelferin in einem Atemzug lesen zu müssen, bereitet mir Unbehagen. Fast bin ich geneigt, das Magazin enttäuscht zur Seite zu legen, da weckt eine kleine, auf fliederfarbenem Untergrund plazierte Anzeige erneut meine dunklen Gelüste. „Lesbenclub e.V. Lust auf fremde Haut? Erotik zu zweit, zu dritt oder mehr? Alles ist möglich ..."

Diesmal führt mich mein Weg ins spätherbstliche Kreuzberg. Da der Nasenring ohnehin im Rinnstein vor der *Feuchten Ritze* verblieben ist, die zerschnittenen Jeans etwas wärmeren Beinkleidern weichen mußten und auch die Sonnenbrille der nächtlichen Begegnung mit einem unbeleuchteten Feuermelder nicht standgehalten hat, sehe ich reichlich normal aus. Ich hoffe nur, daß mein stinomäßiges Outfit der Lust auf fremde Haut nicht allzu abträglich ist. Na ja, immerhin bin ich sonnenstudiogebräunt und zudem noch frisch gebadet.

Vorsichtig taste ich mich durch den vierten Hinterhof in einen schwach beleuchteten Hausflur. Es riecht etwas muffig. Vielleicht war das mit dem Baden doch eine Fehlinvestition. Nun, das ist jetzt nicht mehr zu ändern. An der Eingangstür mit dem beruhigenden Hinweis „Nur für Frauen" suche ich nach einer Klingel. Es ist keine vorhanden, dafür ein überdimensionaler Türklopfer in Form eines furchterregenden Tigerkopfes. Das hätte mich warnen müssen. Aber meine Vorsicht-Gefahr-Antenne setzt einfach kein Alarmzeichen in Gang.

Ich registriere noch, daß mich mehrere Hände in einen halbdunklen Raum zerren und damit beginnen, mir die Kleider vom Leibe zu reißen. Als mehrere Zigarettenkippen auf meinem bereits nackten Oberkörper ausgedrückt werden, umfängt mich eine wohltätige Ohnmacht. Leider scheint das den pyromanischen Frauen nicht zu gefallen. Ein Eimer kaltes Wasser holt mich in die Realität zurück. Mit Entsetzen bemerke ich, daß sie ganz offensichtlich danach trachten, einen am Ende des Zimmers aufgestellten Marterpfahl mit mir zu bestücken. Die malerisch an der Wand drapierten Lederpeitschen, Tomahawks,

Eisenketten und Schlagringe lassen nichts Gutes erahnen. Jäh fällt mir der Annoncentext ein: „Alles ist möglich …"

„Da muß ein Mißverständnis vorliegen", flehe ich mit vor Angst schlotternden Knien. „Indianerspiele haben mir noch nie sonderlich Spaß gemacht. Wenn Sie vielleicht die Güte hätten, mich wieder loszubinden und mir meine Kleidung auszuhändigen. Ich werde auch niemandem etwas verraten."

„Schweig, elende Sklavin!" brüllt eine dem Türklopfer nicht unähnliche Amazone, „oder du wirst den Zorn deiner Herrin zu spüren bekommen."

„Aber, ich wollte doch nur …"

„Immer noch ungehorsam?" blökt eine andere Amazone in Richtung Marterpfahl und schwingt bedrohlich eine gewaltige Eisenkette. Im nächsten Moment trifft mich der Hieb einer neunschwänzigen Katze. Eine Antwort erübrigt sich, da ich wegen des gebrochenen Nasenbeins und der gespaltenen Oberlippe sowieso nur noch röcheln kann. Nur ein Gedanke beherrscht mich: Ich muß diesen Irren schnellstens entkommen!

Als die wildgewordenen Weiber für kurze Zeit das Zimmer verlassen, um sich mit frischem Bier einzudecken, nähert sich eine finstere Gestalt mit einer Rasierklinge in der Hand. Mir schwant Schreckliches.

„Hör uff zu zittern, du Memme. Ha ick doch jleich jeseh'n, dette keene S/M vonne harte Gangart bist. Bevor die det in ihre Bierhirne gespeichert ham, biste Appelmus. Ick schneid dir los. Hier haste noch die Adresse von mein Arzt."

Genau eine Woche hatte ich im Krankenhaus zugebracht. Das mit dem Nasenbein haben sie ganz gut hinbekommen. Bereits kurze Zeit später konnte ich wieder feste Nahrung zu mir nehmen. Sie hätten mich auch schon früher aus der Klinik entlassen, wenn nicht die vielen Brandflecke gewesen wären. Zuerst glaubten die Ärzte an eine bis dato unentdeckte

Tropenkrankheit, dann an eine neue Lustseuche aus China. Als ich schließlich mein Abenteuer beichtete, überwiesen sie mich an einen Psychiater. Nach einigen tiefgründigen Gesprächen stellte der Mann fest, daß mir nicht zu helfen sei, aber er gab mir noch den guten Rat mit auf den Weg, meinen Drang nach Ausschweifungen etwas zu bremsen. Schon aus gesundheitlichen Gründen und im Hinblick aufs bevorstehende Rentenalter. Ich war zwar etwas beleidigt, aber insgeheim mußte ich ihm Recht geben. Ich beschloß, viel spazieren zu gehen, mir einen Fernsehapparat zuzulegen und eventuell das Kochen zu erlernen.

Nach vierzehn Tagen taten mir vom vielen Laufen die Füße weh, das Fernsehprogramm ödete mich zusehends an, und meine Küche sah aus wie ein Saustall. So fiel dann der Anruf von Karlheinz auf äußerst fruchtbaren Boden.

„Hallo, Anne, hast du Lust auf eine kleine Party? Kommenden Sonnabend. Nichts Besonderes, nur ein bißchen trinken, quatschen und Musik hören. Dirk und Joachim aus Moers sind zu Besuch. Ich werde Lasagne al Forno machen."
Nicht nur der Blick in meine Küche bewegt mich, der Einladung freudigen Herzens Folge zu leisten.

Wir sind wirklich nur zu fünft. Die Gäste sitzen im Wohnzimmer und warten auf die Lasagne. Alle zehn Minuten erscheint Karlheinz, um wissen zu lassen, mit dem Essen könne es nun wirklich nicht mehr lange dauern. Dirk kramt in den Musikkassetten, Jörg, der Lover von Karlheinz, schaut sich gelangweilt einige Pornohefte an, und Joachim schabt hingebungsvoll an etwas, das aussieht wie der ausgediente Absatz eines Bergstiefels. Ein bißchen heiterer hatte ich mir den Abend nun doch vorgestellt.

„Was machsten da?"
Entgeistert blickt Joachim hoch. „Siehste doch."
Er hat bereits ein ansehnliches Häufchen von dem abgehobelten Zeug vor sich auf dem Tisch liegen. Nun holt er

bedächtig etwas Zigarettenpapier und Tabak aus der Hosentasche.

„Ist das etwa …"

„Klar, was denn sonst. Willste auch 'nen Joint?"

„Ich weiß nicht recht", sage ich zögernd, „was passiert denn dann?"

Das könne man bei einem Neueinsteiger nicht unbedingt voraussehen. Er und andere Kiffer würden immer sagenhaft lustig, bekämen bunte, schillernde Träume und wären eben unheimlich gut drauf. „Alles ist möglich …"

Bei dem Satz fällt mir ein, daß ich vom Besuch des S/M-Studios ein etwas zwiespältiges Verhältnis zu Zigaretten zurückbehalten habe. „Kann man den Stoff auch anders konsumieren?"

„Logo", erwidert Joachim, „geh mal zu Karlheinz in die Küche und frage, ob er Milch im Kühlschrank hat."

„Karlheinz", sage ich, „du und Jörg, ihr seid doch meine besten Freunde. Ich habe mich soeben entschlossen, erstmalig in meinem Leben Rauschgift zu mir zu nehmen. Da ich nun nicht weiß, was in diesem Zustand mit mir geschieht, möchte ich euch herzlich bitten, ein wenig auf mich zu achten. Sollte ich mir beispielsweise einbilden, ein kleiner Vogel zu sein und auf den Fenstersims klettern, um davonzufliegen, so hindert mich bitte daran; schließlich wohnt ihr im achten Stock, und ich will nicht schon wieder ins Krankenhaus."

Die beiden versprechen hoch und heilig, mich keinen Moment aus den Augen zu lassen.

Die lauwarme Milch, in die Joachim das Dope gerührt hat, schmeckt ziemlich widerlich. Vielleicht liegt das aber auch ganz einfach daran, daß es schon reichlich lange her ist, daß ich Milch getrunken habe. So etwa fünfzig Jahre, schätze ich mal. Mit einem Bier will ich den üblen Geschmack hinunterspülen. Mit den Worten „Trink mal jetzt lieber keinen Alk" nimmt mir Joachim hastig die Flasche aus der Hand. Soeben betritt Karlheinz mit der verführerisch duftenden Lasagne die Stube. „Es ist besser, wenn du ganz wenig ißt. Am besten, du kostest nur mal kurz." Mit einer freundlichen, aber keinen Widerspruch duldenden Bewegung nimmt mir Joachim den Teller weg. – Das verspricht ja ein reizender Abend zu werden!

„Wie lange dauert es denn, bis das Zeug wirkt?" frage ich ungeduldig.

„Frühestens in anderthalb Stunden geht's los. Das ist bei jedem anders."

Ich bin entsetzt. „Was, anderthalb Stunden soll ich hier trocken rumsitzen?"

„Aber dann wird es um so schöner", kichert Dirk und hopst wie verrückt auf dem Sofa herum. Na, wenigstens scheint das Zeug überhaupt zu wirken.

Die Zeit schleppt sich dahin. Das Freundespaar vom Niederrhein erzählt sich Witze, und etwa alle drei Minuten fallen die beiden brüllend übereinander her, um sich abzuknutschen. Karlheinz und Jörg haben die dritte Flasche Rotwein beim Wickel. Mit schon leicht glasigen Augen beobachten sie mich interessiert. Ich blicke auf die Uhr. Nun sind bereits zwei Stunden vergangen.

„Merkste schon was?"

„Nee", sage ich verdrossen, „aber ihr braucht mich das nicht alle fünf Minuten zu fragen."

„Vielleicht war die Dosis zu gering", mutmaßt Jörg.

„Die war völlig in Ordnung. Normalerweise müßte Anne jetzt singend auf dem Tisch tanzen."

„Das fehlte noch", knurre ich und angle nach der Bierflasche. Als es mir auch noch gelingt, eine Flasche Rotwein zu mir unter den Tisch zu bugsieren, bessert sich meine Laune geringfügig.

Warum nur, hämmert es unablässig durch meinen Schädel, wirkt diese verdammte Droge bei mir nicht? Hatte ich nicht vorschriftsmäßig diese eklige Milch gesoffen und alle weiteren Anweisungen gehorsam befolgt? Drei geschlagene Stunden ohne einen Tropfen Alkohol, und von der Lasagne hatten sie auch nichts übriggelassen. Und wofür das alles?

Die anderen beherrscht weiterhin eine ungebrochene Fröhlichkeit. Wütend zerre ich Joachim aus der Umklammerung mit Dirk. „Jetzt hör mir mal einen Augenblick zu. Warum bin ich nicht high?"

„Nun", antwortet er vorsichtig, „ich kann es mir nur folgendermaßen erklären: Du hast ja sozusagen die gesamte Zeit deines Lebens woanders gewohnt. Also, dein Körper hat auch woanders gewohnt. Im Sozialismus sozusagen."

„Was soll der Quatsch", sage ich aufgebracht, „für das Rauschgift sollte es doch völlig unerheblich sein, wo mein Körper mal gewohnt hat."

„Durchaus nicht, liebe Anne. Jeder Körper hat nun bestimmte Reizempfänger. Die lungern da so rum und warten auf Signale, um aktiv zu werden. Voraussetzung ist natürlich, daß sie diese Signale auch erkennen. Erscheint in solch einem gestandenen Sozialismus-Leib plötzlich eine Portion Hasch, schlagen die kleinen dummen Ostrezeptoren die Hände überm Kopf zusammen und wissen nicht, was zu tun ist."

Wortlos verlasse ich die Party. Am Bahnhofskiosk kaufe ich mir für den Rest der Nacht eine Flasche Klaren, zu DDR-Zeiten liebevoll *Kumpel-Tod* oder auch *Blauer Würger* genannt. Bei dem kann ich wenigstens sicher sein, daß ihn meine kleinen dummen Ostrezeptoren auch als solchen identifizieren.

Löwenthals Vermächtnis

Eike Stedefeldt

Das Thermometer zeigt drei Grad unter Null. Es fällt ein leichter Eisregen. Anne trampelt nervös mit den Füßen. Mit ihrer roten Nase und dem bis zum Boden reichenden Ledermantel, dessen hochgeschlagener Fellkragen die wie eine Glocke auf ihrem Kopf hängende übergroße Pelzmütze stützt, sieht sie mal wieder echt zum Fürchten aus. Wahrscheinlich halten deshalb die anderen Passagiere auf dem nächtlichen Bahnsteig gebührenden Abstand.

Hin und wieder stößt sie in peinlicher Lautstärke einen ihrer berüchtigten Flüche aus. „Scheißkackarschlochfensterkreuz" etwa schallt es über den Perron, als ihr beim Suchen nach dem Feuerzeug ein Handschuh in den Dreck fällt.

„Das ist ein Wink des Schicksals", versuche ich sie ein wenig aufzuheitern. „Erstens rauchst du zuviel, und zweitens kommt bestimmt gleich der Zug."

Ich habe einen wunden Punkt getroffen. Mit zitternder Hand entzündet Anne ihre Zigarette und schaut mich an, als wollte sie mich umbringen. Wem sie denn bitte den Aufenthalt auf diesem anheimelnden Bahnhof verdanke, fragt sie in sattsam vertrautem Tonfall. Mir ist klar, daß ich nicht erst nach einer Antwort suchen muß. Bereits dreimal habe ich ihr auseinandergesetzt, daß wegen Bauarbeiten derzeit kein durchgehender Zugverkehr zwischen Schwerin und Berlin möglich ist und wir deshalb in jedem Falle hätten in Ludwigslust aus- und in den InterCity Hamburg-Berlin umsteigen müssen. Dessen ungeachtet versucht sie mich zum vierten Male davon zu überzeugen, daß ein professioneller Manager bestimmt einen durchgehenden Zug herausgefunden hätte.

In einer solchen Situation mit Anne zu diskutieren ist ziemlich aussichtslos. Deshalb belasse ich es bei dem freundlichen Hinweis, daß ich zum einen nicht ihr Manager bin und zum anderen eine arbeitslose Ost-Künstlerin wie sie froh und dankbar sein müßte, überhaupt noch irgendwo ein Publikum mit ihren Geschichten beglücken zu dürfen.

„Irgendwo", höhnt Anne. „Nester, die kein Aas kennt, in denen einschließlich Veranstalter maximal zehn Leute zur Lesung kommen und wo sie nicht mal eine Bahnhofskneipe haben!"

Das Wort „Kneipe" übt sichtlich belebende Wirkung auf meine garstige Begleiterin aus, doch bevor sich gewisse Entzugserscheinungen gegen mich richten können, merke ich hastig an, daß der zu erwartende InterCity gewiß ein Zugrestaurant mitführt.

„Alles Verbrecher ... für ein Schweinegeld ... Ausnutzung einer Zwangslage ...", dringen Annes Satzfetzen durch das Gedonner des einfahrenden Zuges an mein Ohr. Zielstrebig wanke ich, Anne hinter mir herziehend, zu jenem Abteil, in dem für uns Plätze reserviert sind. Als wir dort ankommen, sind die Vorhänge zugezogen. Ohne zu zögern, greife ich nach dem Türgriff, aber Anne hält mich zurück. „Bestimmt sitzen da irgendwelche besoffenen Skinheads drin", gibt sie zu bedenken, „da sollten wir vielleicht lieber ..." Anne ist eine miese Schauspielerin. Ihre besorgte Miene täuscht mich nicht. „Nein, liebe Anne, wir werden nicht im Speisewagen nach Berlin reisen", gebe ich beherzt zurück und reiße mit einem kräftigen Ruck die Tür auf.

Zuerst einmal sehe ich nichts. Alles verschwimmt in einem freundlichen Schwarz. Als ich vorsichtig eintrete, kippt etwas am Boden Stehendes um und poltert durchs Abteil. Während meine Augen die Konturen eines silbern glänzenden Nachttopfes ausmachen können, räuspert sich jemand auf der linken Sitzbank. Er oder sie – Näheres ist noch nicht auszumachen – sieht mich durch etwas Sehschlitzartiges an. Womöglich hat das Wesen ein Visier vorm Gesicht. Ein ungutes Gefühl macht sich in mir breit; vielleicht hätte ich dieses eine Mal doch auf Anne hören sollen.

„Das da am Fenster sind unsere Plätze", klärt sie unterdessen mit dem Charme eines Preßlufthammers die Verhältnisse und befiehlt mir, den Lichtschalter über der Tür zu betätigen. Folgsam komme ich der Aufforderung nach, und im nächsten Moment füllt gleißendes Neonlicht das Coupé.

Die fremde Person erhebt sich mühsam von den Polstern und blinzelt die rohen Eindringlinge an. Nun, da sie auch den schwarzen Schal vor ihrem Antlitz ein wenig lüftet, vermag ich zu erkennen, daß es sich um eine junge Frau und keinen Obacht gebietenden Rowdy handelt. „Kannste mir nich ma helfen?!" herrscht Anne mich an. Klein wie sie ist, reicht sie nicht ans Gepäcknetz. Ich nehme ihr den Rucksack aus den Händen, den sie ebenso gewagt wie demonstrativ über dem Kopf balanciert, und deponiere ihn sicher auf der Ablage. Mit der rhetorischen Frage „Fährt das Scheißding noch nicht?" läßt sie sich lautstark auf ihren Platz fallen.

„Könnten Sie bitte etwas leiser sprechen", fleht sanft eine heisere Stimme, „ich habe eine Mittelohrentzündung." Mißtrauisch mustert Anne die blonde Frau. In der Tat sieht sie ein wenig merkwürdig aus. Der lange Schal ist x-mal um ihr Haupt gewickelt, darüber hat sie noch eine Fellmütze gestülpt. Über dem Rollkragenpullover trägt sie eine Strickjacke, und ihre Handgelenke verhüllen dicke Pulswärmer. Bis zu den Knien stecken ihre Jeans in dunkelblauen Stulpen. Die Füße, die sie eben auf meinen Nachbarsitz gelegt hat, muß sie in mehreren Paar Socken verstaut haben, wie der immense Umfang des Geläufs vermuten läßt. Die rote Nase betupft sie permanent mit einem Papiertaschentuch. Am Boden stehen halbhohe Fellstiefel. Das gesamte Bild ist ein stummer Schrei nach Erbarmen.

„Wir haben einen harten Tag hinter uns und mußten gerade eine halbe Stunde auf dem eiskalten Bahnsteig warten", flüstere ich der Kranken zu und weise um Verständnis bittend auf Anne. Anne guckt griesgrämig zurück.

„Schon in Hamburg hat der Zug Verspätung gehabt", klärt uns die Frau auf, „und der Waggon war da noch nicht mal geheizt!"

„Hat der Zug wenigstens 'nen Speisewagen?" richtet Anne das Wort an die Fremde, und ihre Stimme klingt schon etwas ruhiger.

„Der ist sieben Wagen weiter."

Bevor Anne diese Entfernung fluchend kommentieren kann, öffnet sich rasselnd die Tür. Vor dem Abteil steht ein Kellner und bietet Kaffee, Tee, Bier, Limonade und heiße Würstchen an. Anne ist sofort hellwach.

„Haben Sie auch herben Weißwein?"

„Hier nich, muß ick erst nach hinten", gibt der Mann knapp zurück. Ohne weitere Wünsche abzuwarten, schiebt er die Tür wieder zu und verschwindet mitsamt seiner Karre im nächsten Waggon. Entgeistert sehen wir einander an. Anne stößt zum wer-weiß-wievielten Mal am heutigen Tag einen donnernden Fluch aus.

„Na ja", sage ich ins Abteil hinein, „hier ist sowieso alles überteuert." Die Frau nickt beifällig.

„Das ist wieder typisch", erwidert Anne barsch. „Immer, wenn ich mir mal ein Gläschen Wein gönnen will, ist es dir natürlich zu teuer. Aber für den gnädigen Herrn darf's auch heiße Schokolade zu fünf Mark achtzig sein!"

Ich weiß nicht, wo der Mann so schnell den Weißwein aufgetrieben hat. Jedenfalls steht der Kellner nach wenigen Minuten wieder in der Tür, öffnet eine winzige Flasche, bastelt ein weinglasähnliches Plastikbecherchen zusammen und schenkt freundlich ein. Anne ist schlagartig bester Stimmung. Der Kellner reicht ihr zuerst das Glas und dann das halbleere Fläschchen.

„Macht dann neun Mark neunzig."

Prustend verschluckt sich Anne an dem Getränk. Geschieht ihr ganz recht, denke ich. Wortlos zählt sie dem Kellner das Geld auf den Pfennig genau in die Hand. Als er verschwunden ist, lächle ich sie bewußt freundlich an. Sie wendet sich ab, fläzt sich betont lässig in ihren Sessel und schaut abwesend durch das Fenster in die Dunkelheit.

Der Zug rast inzwischen munter in Richtung Heimat. Mit Anne ist kein Gespräch möglich, und so gerate ich mit der Fremden ins Plaudern. Sie kommt aus Spandau, wie ich erfahre, und arbeitet dort als Lehrerin an einem Gymnasium. Einmal die Woche reist sie zu einer Weiterbildung nach Hamburg und fährt jetzt ebenfalls bis Berlin-Zoo. Sie erkundigt sich nach uns, und ich berichte, wir seien Journalisten beziehungsweise gefragte Nachwuchsautoren und unternähmen als solche ausgedehnte Lesereisen durchs schöne geeinte Deutschland.

Wie interessant! Ob wir immer mit der Bahn unterwegs seien, will sie wissen. Ich bejahe, und sie freut sich. Sie lehne es konsequent ab, mit dem Auto zu fahren. Das sei ja heutzutage als ökologisches Verbrechen anzusehen, und das Unternehmen Deutsche Bahn müsse man durch eifriges Benutzen stärken. Ich bin weitgehend ihrer Meinung, und mein Ansehen steigt noch, als ich mitteile, daß ich mich aus politischen Motiven beharrlich weigere, einen Führerschein zu erwerben. Als ich mich zu der leichtsinnigen Behauptung hinreißen lasse, wir reisten eigentlich ganz gerne mit der Eisenbahn, räuspert sich Anne ein letztes Mal, bevor sie weinselig einschläft. In der Tat kann man Annes Verhältnis zu luxuriösen Pkw schwerlich als gestört bezeichnen.

Wo genau wir denn in Berlin beheimatet wären, fragt die Lehrerin freundlich. „In Lichtenberg und Köpenick", antworte ich wahrheitsgemäß. „Habe ich doch sofort gemerkt, daß Sie beide waschechte Ossis sind!" In mir bohrt die Frage, woran sie das erkannt haben will. Nichts Äußerliches deutet auf unsere Herkunft hin. Weder trage ich einen *Präsent 20*-Anzug noch führe ich einen klassischen *Dederon*-Faltbeutel mit mir, und Anne berlinert so souverän wie ein Bierkutscher aus dem Wedding. – Ich werde es niemals erfahren; aus Angst vor einer ernüchternden Antwort traue mich nicht nachzufragen.

Wenn sie unser Verhältnis richtig deute, seien meine verehrte Kollegin und ich in homosexuellen Dingen unterwegs, tastet sich unsere Reisebekanntschaft nach einer kurzen Phase schweigenden Naseputzens vor. Diesmal getraue ich mich, um eine Erklärung zu bitten, woher sie denn diese Erkenntnis beziehe. „Nun", erläutert sie, und erstmals entfaltet sich auf ihrer Leidensmiene ein Anflug von Lächeln, „das ist doch unverkennbar. Homosexuelle Männer sind nicht für umsonst für ihre ausgesuchte Freundlichkeit und Contenance bekannt." Das vermittle sie stets auch ihren Schülern. „Und was die Lesbierinnen anbelangt, so sind die ja bekanntlich das genaue Gegenteil", fügt sie mit einem abschätzenden Blick auf die leise vor sich hin Schnarchende hinzu. Nur gut, daß Anne das nicht gehört hat; sie hätte das Klischee umgehend – und höchstwahrscheinlich handgreiflich – bestätigt.

„Das interessiert mich jetzt aber doch mal", setzt die Lehrerin erneut an, „wie Sie vor dieser friedlichen Revolution da drüben so gelebt haben. Ich meine, so als Homosexuelle, da waren Sie doch allesamt den Repressionen der Stasi ausgesetzt."

Ich hatte es geahnt. Es sind immer dieselben Fragen, wenn man mit Wessis für länger als fünf Minuten im selben Abteil zu sitzen kommt.

„Anders als in der Bundesrepublik hatten wir in der DDR seit 1968 keinen Paragraphen 175 mehr", versuche ich mit einer freundlich-bestimmten Belehrung zur Rechtsgeschichte das leidige Thema zu beenden.

„Das will gar nichts heißen! Ich habe einen Freund in Hamburg, und der hat mir erzählt, in der DDR hätte die Stasi alle Homosexuellen observiert, und wer auffiel, der ist sofort nach Bautzen gekommen."

„Sie werden verzeihen", entgegne ich, „aber im Gegensatz zu Ihrem Freund habe ich sechsundzwanzig lange Jahre in der DDR zugebracht, da hätte mir das doch auffallen müssen …"

„Aber ich bitte Sie, mein Freund ist selbst homosexuell, da muß er das ja wohl wissen. Er sagt jedenfalls, wenn die bedauernswerten Homosexuellen in der Zone nicht gleich nach einer der täglichen Razzien in den Knast kamen, dann haben die Stasi-Spitzel ihr Intimleben ausspioniert und ihnen die berufliche Karriere versaut."

„Ach", höhne ich, „Sie meinen, so wie das 1983 im Westen der Bundesnachrichtendienst mit dem General Kießling gemacht hat?"

Das sei ja nun überhaupt nicht zu vergleichen, wehrt die Pädagogin entrüstet ab. Zweifellos stelle ein ranghoher General, der nach dem Manöver nackte Soldaten beim Duschen beobachte und sich nächtens in Kölner Homosexuellenbars herumtreibe, ein untragbares Risiko für die freiheitlich-demokratische Grundordnung dar. Und hätte ich wie sie mal einen Lehrgang der Bundeszentrale für politische Bildung besucht, so wäre mir darüber hinaus bekannt, daß der BND eine demokratisch legitimierte Institution sei.

In Ermangelung anderer tauglicher Argumente bringe ich vor, Geheimdienste seien mir generell suspekt. Zudem hätte in der DDR ein einziger Geheimdienst ausgereicht; als unfreiwilliger Bundesbürger hätte ich es indes mit mindestens dreien zu schaffen.

Wieder werde ich eines Besseren belehrt. „Das ist ja gerade das Demokratische daran: Da kann eben nicht jeder Geheimdienst machen, was er will, die kontrollieren sich alle gegenseitig!"

Verblüfft von dieser Logik, will ich mich geschlagen geben. Mein lakonisch vorgebrachter Satz „Der liebe Gott erhalte Ihnen Ihren seligen Kinderglauben" erweist sich diesem Anliegen jedoch alles andere als dienlich.

„Na ja", winkt sie beleidigt ab, „demokratische Streitkultur darf man wohl nicht erwarten von Menschen, die vom Kindergarten an immerzu ideologisch indoktriniert worden sind."

„Dieses Manko hat bei Ihnen ja der Gerhard Löwenthal mehr als wettgemacht." Ob dieser rüden Entgleisung ringt sie sichtlich nach Luft, fingert mit zitternder Hand eine dunkelbraune Arzneiflasche aus ihrer Tasche und schluckt zwei Löffel eines undefinierbaren, dickflüssigen Saftes. Zufrieden verbuche ich den ersten Punktgewinn.

„Aber ich sage Ihnen", beginnt sie sich erneut zu ereifern, nachdem die Flasche wieder verstaut ist, „Sie werden sich noch umsehen!" Ich finde, daß das wie eine ernste Drohung klingt, und hoffe, Anne möge schleunigst erwachen und mir in ihrer vertrauten Wortgewalt beispringen. Doch erstens schlummert die liebe Anne seelenruhig vor sich hin, und zweitens wäre in diesem Falle mit mindestens einem Todesopfer zu rechnen. „Wenn erst mal die Stasi-Konten in der Schweiz auftauchen, dann werden Sie schon sehen, was für ein Staat Ihre sogenannte Deutsche Demokratische Republik gewesen ist!"

Über meine Erwiderung, mich interessiere eigentlich weniger, was für ein Staat die DDR gewesen sei, als in was für einem Staat ich heute gezwungen sei zu leben, geht sie kurzerhand hinweg.

„Die Stasi, vor allem dieser Schalck-Golodkowski, hat nämlich Milliarden, ach, was sage ich, Billiarden von D-Mark in die Schweiz verschoben", triumphiert sie heiser. Woher sie denn diesen Schwachsinn habe, will ich wissen. Leider fällt mir zu spät ein, daß man das Wort „Schwachsinn" gegenüber Lehrerinnen tunlichst vermeiden sollte. Die Reaktion fällt entsprechend scharfzüngig aus.

Als langjährige Abonnentin eines renommierten deutschen Nachrichtenmagazins habe sie sich eben stets bestens informieren können. Das sei halt der Vorteil einer unabhängigen demokratischen Medienlandschaft. Es sei mir ja kaum persönlich zum Vorwurf zu machen, aber wohin eine gleichgeschaltete Presse führe, sei ja an meiner Verbohrtheit und Sachunkenntnis unschwer zu erkennen.

Noch einmal versuche ich es mit Logik. „Wenn die Stasi angeblich Billiarden im Ausland deponiert hatte, warum hätte dann die DDR Anfang der achtziger Jahre läppische zwei Milliarden D-Mark Kredit bei der Bundesrepublik aufnehmen sollen?"

Das sei ja eben das perfide System im Osten gewesen! Die Reichtümer außer Landes schaffen, das eigene Volk hungern und die gutmütigen Brüder und Schwestern im Westen dafür bluten lassen!

Der Frau ist mit Vernunft einfach nicht beizukommen. Dennoch wage ich noch einen letzten Versuch. „Wissen Sie eigentlich, wie hoch das jährliche Bruttosozialprodukt der Bundesrepublik ist?" Sie weiß es nicht. Was denn das nun wieder solle?

Als Außenwirtschafter, der ich nunmal sei, würde ich mal kühn schätzen, daß die Summe des in den gesamten achtundvierzig Jahren der Bundesrepublik erwirtschafteten Reichtums kaum an die Billiardengrenze heranreichen dürfte. Ob sie mir ernsthaft weismachen wolle, daß die Stasi aus der maroden DDR-Wirtschaft derartige Summen herausgepreßt und in die Schweiz verschoben haben soll?

Nach ihrem Blick urteilend, rechne ich mit dem Satz „Der Stasi ist alles zuzutrauen!" Ich bin auf dem Holzweg. „Was denn, ich denke, Sie sind Journalist? Das haben Sie jedenfalls vorhin behauptet! Und nun wollen Sie plötzlich Außenwirtschafter sein? Sie wollen mir doch nicht im Ernst einreden, daß es so was im Osten gegeben hat!"

Ich bin einem Tobsuchtsanfall nahe und gerate in höchste Gefahr, den letzten Rest meiner homosexuellen Contenance einzubüßen. Die dumme Kuh hält mich doch glatt für einen Hochstapler.

„Sie werden es nicht glauben, was es in der DDR alles gegeben hat. Wir konnten lesen und schreiben, wohnten schon in richtigen Häusern, man durfte bei uns mehrere Berufe erlernen – und sogar Außenwirtschaft studieren!"

Na, wie ich an diesen Studienplatz gelangt sei, darüber wolle sie besser kein Wort verlieren, gibt sie zurück. – Leider ohne sich an dieses Versprechen zu halten. „Dann sind Sie bestimmt auch so ein Bonzensöhnchen."

„Ja, und mein Genosse Papa hat höchstselbst im Zentralkomitee der SED dafür gesorgt, daß sein schwuler Filius deswegen nicht nach Bautzen ..."

Der Lautsprecher unterbricht meine druckreife Rede mit der Mitteilung des Zugbegleiters, in wenigen Minuten erreiche unser InterCity den Bahnhof Berlin Zoologischer Garten.

Die Lehrerin tritt in ihre Fellstiefel, sucht ihre Sachen zusammen, verstaut die leere, von mir irrtümlich für einen Nachttopf gehaltene Teekanne im Rucksack und begibt sich, ohne Verabschiedung, mitsamt ihrem Gepäck hinaus auf den Gang. Ich habe meine Mühe, Anne zu wecken.

„Sind wir schon da? Das ging aber schnell", sagt sie unerwartet freundlich. „Wie man's nimmt", antworte ich bitter und verkneife mir den Vorwurf, daß sie immer dann schläft oder hoffnungslos betrunken ist, wenn man ihres Beistandes am dringendsten bedürfe.

Wenig später läuft der Zug am Bahnsteig ein. Vor uns drängt sich die Lehrerin durch den engen Gang hin zur Tür. Als wir den Waggon verlassen, blickt sie mich noch einmal an, als erwarte sie eine Entschuldigung für das ihrem kranken Körper angetane Ungemach. „Vielen Dank für die nette Unterhaltung", sage ich barsch.

„Ich würde eher sagen aufschlußreich", belehrt sie mich ein letztes Mal, um dann schnippisch hinzuzufügen: „Und kommen Sie gut in Ihr geliebtes Köpenick!"

Soll sie in ihrem demokratischen Spandau verrecken, denke ich. Dann rufe ich mich zur Ordnung und wende mich wieder meiner Kollegin zu, die sich, wie gewohnt, heillos in die Riemen ihres Campingbeutels verstrickt hat.

„Ach", sagt Anne außergewöhnlich heiter, „eigentlich war es doch noch 'ne ganz angenehme Fahrt. Ich hatte einen wunderbaren Traum, den muß ich gleich morgen aufschreiben. Außerdem mußte ich mich ausnahmsweise mal nicht um dich kümmern. Ist ja selten genug, daß du dich auf Anhieb mit jemandem aus den alten Bundesländern so prächtig verstehst."

Die Macht des Puders

Eike Stedefeldt

Das türkisfarbene Hemd mit den riesigen aufgesetzten Taschen, den silbernen Druckknöpfen und dem modischen Stehkragen stand mir ausnehmend gut. Sportlich geschnitten, kontrastierte es hervorragend mit meinen langen schwarzen Locken. Das war auch das Mindeste, was man von diesem Kleidungsstück erwarten durfte; die *Exquisit*-Filiale hatte gut an mir verdient.

Ich war erwählt worden. Zum ersten Mal sollte ich ins Fernsehen, in eine Talkshow. Das war nun nicht irgendein Privatsender, der im gemeinen Volke nützliche Idioten als Staffage für Glücksräder oder sonstwelche schwachsinnigen Spielshows suchte. Weit gefehlt! Es handelte sich um das im Vergleich dazu hochseriöse Fernsehen der DDR, genauer gesagt das Jugendfernsehen. Das war natürlich vor der Wende.

Wochen zuvor hatte sich die Redaktion an unsere halblegale Arbeitsgemeinschaft gewandt. In einer ihrer nächsten Sendungen solle es um typische Probleme junger Homosexueller gehen. Am Sonntag würden zwei Redakteure in den

Klub kommen, um mit uns die Konzeption zu besprechen. Bei der Gelegenheit wolle man auch gleich einige Leute für die Aufzeichnung aussuchen.

Sage und schreibe siebzig Leute drängten sich an besagtem Sonntag in dem kleinen Klubraum. So viele waren noch nie zu unseren Arbeitstreffen gekommen. Einige von den Frauen mußten kurz zuvor zum Haareschneiden gewesen sein und trugen nun, passend zu windschlüpfrigen Kurzhaarfrisuren, buntkarierte Holzfällerhemden. Freilich hielten sie damit in puncto Schönheit nicht annähernd dem Vergleich mit den frisch dauergewellten, in Nappalederhosen und Seidenhemden gewandeten jungen Männern stand, die wohl auch ein Blinder unschwer an erlesenen Düften erkannt hätte.

Die Konzeption war schnell besprochen. Eine Gesprächsrunde im sogenannten inneren Kreis war geplant, bestehend aus dem Moderator, jeweils drei Lesben und Schwulen sowie zwei Experten. Das Publikum sollte im äußeren Kreis auf Podesten sitzen. Als Einstieg in die Debatte sollte ein vorproduzierter Film dienen. Zwischendurch würden ein Liedermacher „ein Schwulenlied" vortragen, die Experten „einschlägige" Belletristik und Fachliteratur empfehlen und zu gegebener Zeit auch die Gäste ihre Meinung äußern dürfen. Man konnte es spätabends an den Gesichtern ablesen, wer eine Einladung in die Sendung erhalten hatte oder nicht, wer im äußeren oder gar inneren Kreis würde sitzen dürfen.

Ich also war erwählt worden, im inneren Kreis zu sitzen. Nicht wegen Schönheit, was mich nach anfänglicher Euphorie doch ein wenig betrübte, sondern weil ich schließlich der Leiter dieser Arbeitsgemeinschaft sei. In der DDR mußte alles seinen sozialistischen Gang gehen, und so glaubten die Redakteure auch in diesem Falle, an einer Respektsperson wie mir nicht vorbeizukommen. Laut Konzept hatte ich der Öffentlichkeit interessante Dinge übers eigene Coming-out und die Entstehung unserer Gruppe zu berichten.

Ebenfalls hatte Andreas, ein junger Kunststudent, einen Platz im Studio ergattert – allerdings und verdientermaßen aus optischen Gründen. Wir hatten uns erst wenige Male gesehen, und ich war gewiß nicht der einzige, der ein Auge auf ihn geworfen hatte.

Pünktlich gegen vierzehn Uhr fanden wir uns an einem weiteren Sonntag in Adlershof ein. Die Aufzeichnung sollte gegen sechzehn Uhr beginnen. Warum wir so früh bestellt worden seien, fragte jemand die Sekretärin, die uns am Haupteingang abholte. „Das werden Sie gleich sehen", schmunzelte sie und führte uns geradewegs zu einem Raum mit der Aufschrift „Maske". Noch nie war ich mit Kosmetika jenseits von Seife, Shampoo oder Handcreme in Berührung gekommen und war unsicher, mit was für einem Gesicht ich dieses Zimmer verlassen würde. Drinnen hieß es Schlange stehen; die Wartenden konnten den Maskenbildnerinnen bei der Arbeit über die Schulter und die Objekte in einem riesigen Spiegel sehen. Ich staunte nicht schlecht über die Macht des Puders.

Sekunden nachdem ich mich ängstlich hatte auf den Stuhl fallen lassen, wurde mir die Brille von der Nase genommen. „Die gebe ich mal Ihrem Freund hier", wandte sich die Maskenbildnerin süffisant an Andreas, der nach mir an der Reihe war.

„Mein Gott, Sie sind aber blaß", meinte die Meisterin des schönen Scheins vorwurfsvoll. Das wußte ich selber, aber worin lag das Problem?

„Die grellen Scheinwerfer und dazu auch noch dieses fahle Hemd ... Da müssen wir wohl ein bißchen dicker auftragen."

Ich war tief gekränkt. Achtzig Mark hatte das Hemd gekostet. Von wegen fahl! Unterdessen befahl sie „Augen zu!" Sogleich wedelte ein riesiger Wattebausch über meinen spätpubertären Teint. Mit spitzen Fingern wurde mir daraufhin der Kragen bis zum dritten Knopf aufgerissen, und rasant wanderte der Wattefetzen bis hinab zur Höhe der Schüsselbeine. So mußte sich eine Kommode bei der Begegnung mit einem Staubtuch fühlen. Mir war, als hätte man ein solches direkt vor meiner Nase ausgeschüttelt. Ich stellte das Atmen ein, so lange ich konnte.

Als ich die Augen wieder öffnen durfte, sah ich im Spiegel schemenhaft ein türkisfarbenes Quadrat und darüber eine ovale, hellbraune Scheibe. Zweifellos handelte es sich bei letzterer um mein Antlitz. Die Bitte um meine Sehhilfe wurde abschlägig beschieden.

„Irgendwas müssen wir noch mit den Augen machen", dachte die Maskenbildnerin laut nach. „Die müssen wir ein bißchen betonen, sonst sieht man die nachher wegen der Brille nicht."

Gemessen an den Retuschen an meinen Augen war die Puderorgie ein Scheißdreck. Erst ergriff sie die Wimpern mit einem furchteinflößenden, zangenartigen Gerät, das sie nur einem Chirurgen oder allenfalls einer Hebamme entwendet haben konnte, um dann ausdauernd daran herumzuziehen. Nachdem es mit dem Ausreißen der Härchen offenbar nicht so recht klappte, fuhrwerkte sie mit einer Art Mini-Flaschenreiniger daran herum, den sie vorher wohl in eine Dose mit schwarzer Schuhcreme getaucht hatte. Meine Augen tränten, und mein Hals war völlig ausgetrocknet, als sie stolz verkündete: „Na bitte, das haben wir doch fein hingekriegt!" Hastig griff ich nach meiner Brille und verschwand aus dem Raum.

Vor der Tür warteten schon andere bereits Geschminkte. Ich konnte nicht umhin, in deren Gesichtszügen positive Veränderungen zu konstatieren; ebenso wurde mein Aussehen gelobt. Mein Mißtrauen in das Urteil der Freunde wich in den nächsten Stunden heller Freude. Auf dem Weg ins Studio hatte mir Andreas heimlich und mit sanfter Stimme zugeflüstert, in der Maske und ohne Brille hätte ich ausgesehen wie ein schöner Märchenprinz. Märchenprinz – ich konnte es gar nicht fassen. Das hatte noch nie jemand zu mir gesagt. Still rehabilitierte ich die Maskenbildnerin.

Während der Aufzeichnung saß Andreas in meinem Blickfeld. Mit feuchten Händen klebte ich im Sessel und versuchte mich zu konzentrieren. Unter Andreas' begehrlichen Augen vergaß ich den sorgsam zurechtgelegten Text. Ich verzettelte mich bei meinen Schilderungen, nestelte nervös am Kragen und riß dabei mehrfach das winzige Mikrofon ab, dessen Kabel im Hosenbein herabhing und mir wiederholt eine Gänsehaut verschaffte. Mit schlotternden Knien verließ ich das Fernsehgelände. Andreas verabschiedete sich noch auf dem S-Bahnhof mit einem herzerweichenden Augenaufschlag; er müsse jetzt nach Leipzig zur Uni fahren und könne leider erst in drei Wochen wieder im Klub sein.

Die Ausstrahlung der Sendung war wochenlang wichtigstes Gesprächsthema im Klub. Allseits wurde sie für gut befunden, nur einige der Nichterwählten lästerten neidisch über Outfit und Äußerungen des einen oder anderen Teilnehmers. Wie vermutet machte ich nicht die allerbeste Figur; bis auf zwei kurze Passagen war ich wohlweislich herausgeschnitten worden. Ich tröstete mich mit Gedanken an Andreas' Rückkehr und kosmetischen Selbstversuchen vorm heimischen Spiegelschrank. Mein Fachwissen bezüglich moderner Schönheitspflege erweiterte sich in diesen Wochen beträchtlich. In Boutiquen parlierte ich mit dem Personal über feminine und maskuline Hauttypen, mühte mich in Straßenbahnen, Tages- und Abend-Make-ups der weiblichen Fahrgäste auseinanderzuhalten, und lernte Schminke auf Puder- von solcher auf Cremebasis zu unterscheiden. Schließlich machte ich anhand eines weißen Kopfkissens die wichtige Erfahrung, daß so ein Make-up zuweilen unerwünschte Spuren hinterläßt.

In Vorfreude auf ein Rendezvous mit einem strohblonden Leipziger Kunststudenten betrat ich Sonntagabend den Klub.

Nach dem Mittagessen hatte ich mein gecremtes Antlitz für eine Viertelstunde über ein siedendes Dampfbad gehängt, anschließend sachgerecht Mitesser und Pickel ausgedrückt und vor dem erholsamen Schönheitsschlaf die Gurkenmilch-Maske von *Florena* zu drei Mark sechzig aufgelegt. Kurz vor Verlassen der Wohnung verteilte ich eine getönte Tagescreme gleichmäßig auf der Haut – die nötige Grundierung für ein teures Make-up, welches mir eine Freundin aus Polen mitgebracht hatte. Brauen und Wimpern bedurften nur noch geringer Fürsorge, seit ich sie hatte zupfen und färben lassen.

Mein Schwarm tauchte wenig später auf. Der Schlag wollte mich treffen, als er zuerst lächelnd, dann mit versteinernder Miene auf mich zutrat. Der Schlamperpullover und das freche rote Halstuch waren einem sportlichen Hemd in Türkis gewichen. Seine charmanten Grübchen waren mit Schminke zugeschmiert, die verführerisch braunen Augen umgab ein dicker schwarzer Liedstrich. Das Schlimmste aber war das tiefbraun gefärbte Haar, das in winzigen Löckchen auf seine breiten Schultern fiel.

Heiß spürte ich das Blut hinter mein Pfirsichbeige schießen. Irgendeine Ausrede stammelnd, ergriff ich die Flucht. Zu Hause rötete sich mein Gesicht unter einer Handbürste. Tuben und Fläschchen flogen in hohem Bogen in den Müll, und das polnische Make-up verehrte ich am Montag einer Kollegin. Einen Monat lang traute ich mich nicht in den Klub. Und auch der schöne Andreas ist dort nie wieder aufgetaucht.

Scheißverklemmte Stinolesbe

Anne Köpfer/Eike Stedefeldt

„Jeder gute Moslem muß wenigstens einmal im Leben in Mekka gewesen sein, jeder aufrechte Katholik den Papst leibhaftig gesehen und jede ernstzunehmende Lesbe möglichst noch vorm Erreichen des Rentenalters dem Christopher Street Day zumindest ein einziges Mal beigewohnt haben." Mein Freund Stedefeldt vermag mich trotz erhobener Stimme nicht so recht zu überzeugen.

„Das ist wirklich sehr zartfühlend von dir, mich bei jeder unpassenden Gelegenheit an mein Alter zu erinnern. – Was soll ich denn auf dem CSD? Ich bin schon zu seligen DDR-Zeiten nicht gern zu politischen Massenkundgebungen gegangen."

„Was heißt hier politisch? Der CSD ist ein lustiges Fest, ein rauschender Maskenball mitten in der City." Wenn ich das Leuchten in seinen Augen richtig deute, wird ihn nichts auf der Welt davon abbringen können, diesen Karneval mitzumachen.

„Sofern ich richtig informiert bin", sage ich vorsichtig, „hat dieser Christopher Street Day sehr wohl einen politischen Hintergrund. Oder?"

„Gewiß. Das ist zwar schon lange her, aber einige können sich schon noch daran erinnern. Das geht darauf zurück, daß damals – du, liebe Anne, zähltest erst 30 Lenze – sich in New York Schwule und Lesben gegen eine Razzia wehrten. Die haben die Bullen regelrecht rausgeprügelt aus ihrer Kneipe."

„Das finde ich prima", freue ich mich. „Ist dergleichen Vergnüglichkeit auch am Sonnabend zu erwarten?"

„Um Himmels willen, wo denkst du hin! Natürlich gibt es auch dieses Jahr eine Sicherheitspartnerschaft mit der Polizei. Sie wird den Demo-Zug schützen."

„Arme Bullen", sage ich mitfühlend, „da sind ihnen ja an diesem Tag regelrecht die Hände gebunden. Im ungünstigsten Falle müssen sie bis Sonntagabend warten, ehe sie den nächsten Lesben- und Schwulentreff aufmischen dürfen. – Und vor wem sollen die wackeren Gesetzeshüter die lustigen Lesben und Schwulen an diesem schönen Feiertag beschützen?"

„Was weiß ich? Randalierende Fußballfans, zudringliche heterosexuelle Touristen, die einem das Kostüm vom Leibe reißen ..."

„So ein Blödsinn", sage ich aufgebracht, „gemeinhin können Schwule einen Fußball nicht von einem Flaschenkürbis unterscheiden."

„Na eben", antwortet Stedefeldt, „und darum sind die Fußballfans eben sauer und wollen die Homos verdreschen."

„Da werden sie sich gerade den CSD aussuchen, um sich mit 50.000 Schwulen und Lesben herumzuprügeln. Die Touristen hingegen könnten eine echte Gefahr darstellen. Man weiß ja, daß die vor nichts zurückschrecken. – Stedefeldt, versprich mir, daß du dich nicht kostümierst."

„Da freue ich mich aber schon das ganze Jahr drauf! Darf ich mir nicht wenigstens eine klitzekleine Pfauenfeder zwischen die Arschbacken klemmen?"

„Du hast doch wohl nicht alle beisammen! Wenn du willst, daß ich mit zu dieser Faschingsveranstaltung gehe, dann verzichte bitte auf solchen Quatsch."

Schweren Herzens schwört Stedefeldt, auf dieses Attribut des wahren, unkonventionellen, echten Schwulen zu verzichten. „Scheißverklemmte Stinolesbe", höre ich ihn murmeln.

Sonnabend, zwanzig Uhr. Die Waschmaschine rumpelt, ich sitze im Morgenrock in Stedefeldts Stube. Fürsorglich hat er mir einen Grog zubereitet und die Gasheizung in Gang gebracht. Trotzdem kann ich nicht ausschließen, mir mindestens eine mittelschwere Lungenentzündung geholt zu haben.

„War es nicht beeindruckend beim CSD?" strahlt mich Stedefeldt an. „So viele geile Männer!"

„Das entzieht sich meiner Vorstellungskraft", antworte ich barsch. „Mir ist bloß aufgefallen, daß einige von ihnen offensichtlich nicht ganz richtig im Oberstübchen waren. Oder kannst du mir mal verraten, weshalb sie sich beim ersten Gewitterregen die Kleider vom Leibe reißen und wie die Blöden in die Pfützen springen mußten? Wie ein Mohrrübenschwein sah ich aus. Ich wollte ja sofort nach Hause, aber nein, du hast mich gezwungen, weiter an diesem Umzug teilzunehmen. Ein Glück nur, daß dein Make-up dem dritten Wolkenbruch nicht mehr standgehalten hat. Sonst hätten wir nach der doofen Abschlußkundgebung auch noch auf diese wilde Party gemußt."

Stedefeldt rollt mit den Augen. „Ich hätte mir dort sehr gern den Männer-Strip angesehen. Statt dessen darf ich hier unbezahlte Sozialarbeit leisten. Und außerdem", fährt er aufgebracht fort, „was heißt hier doofe Kundgebung? Es waren sehr interessante Reden dabei."

„Äußerst interessant", sage ich. „Besonders die aufmunternden Worte von diesem Volker Beck sind mir sehr zu Herzen gegangen …"

„Das freut mich, liebe Anne, schließlich vertritt er auch deine Interessen im Bundestag. Und wenn er sagt, daß Lesben und Schwule überall Präsenz zeigen sollten, dann ..."

„... dann ist mir das scheißegal. Der sitzt mit seinem warmen Arsch im Abgeordnetensessel, kassiert im Monat sechzehntausend Eier und kann sich seine Wohngegend und Vergnügungsschuppen aussuchen. Aber von mir erwartet er, daß ich bei *Aldi* in Marzahn mit 'nem lila Hut und 'ner Federboa in der Schlange stehe."

„Meinetwegen", gibt Stedefeldt resigniert zurück, „von Politik hast du noch nie Ahnung gehabt. Aber haben dir nicht wenigstens die phantastischen Kostüme gefallen?"

„Die Kostüme waren teilweise wirklich originell", muß ich zugeben, „wenn ich auch nicht verstehe, warum sich Kerle freiwillig diese Stöckel antun, in denen noch nicht mal richtige Frauen vernünftig laufen können."

„Du kapierst aber auch gar nichts", regt sich Stedefeldt auf. „Das ist ein politisches Bekenntnis! Diese mutigen Schwulen zeigen eben, daß sie im Gegensatz zu den sexuell verkümmerten Heteros ihre weiblichen Anteile lustvoll ausleben!"

„Und als Lesbe lasse ich mir einen Bart stehen, oder was?"

Beleidigt wendet sich mein sensibler Gastgeber ab. Da sich die gesamte CSD-Garderobe in seiner Waschmaschine befindet und ich trotz Volker Beck nicht den Mut habe, meine männlichen Anteile in Stedefeldts Morgenrock lustvoll in der nächtlichen S-Bahn auszuleben, denke ich krampfhaft nach, wie ich ihn wieder versöhnen kann. Irgend etwas an diesem gottverdammten Lesben- und Schwulenfeiertag muß mir doch gefallen haben. Sicher, mir sind etliche sehr attraktive Frauen aufgefallen. Aber die befanden sich zumeist in einem derart jugendlichen Zustand, daß zu befürchten stand, sie könnten mir in der Straßenbahn ihren Sitzplatz anbieten.

„Sag mal, warum gehen eigentlich die schon etwas betagteren Töchter Sapphos nicht zu diesem CSD? Sind sie den

Strapazen der unbeschwerten Fröhlichkeit nicht mehr gewachsen, oder hat ihnen ihr Ohrenarzt den Besuch derartiger Veranstaltungen untersagt?"

„Wenn du von Techno null Ahnung hast und dein Blut nur bei *Weißer Holunder* oder *Tanze mit mir in den Morgen* in Wallung gerät, solltest du besser zur Rentnerdisco gehen. Höchstwahrscheinlich findest du dort auch deine anderen verklemmten Stinolesben."

„Na, schönen Dank für das reizende Kompliment", entgegne ich wütend. „Den nächsten CSD kannst du wieder alleine mitmachen. – Und vergiß die Pfauenfeder nicht!"

Beides überlebt

Eike Stedefeldt

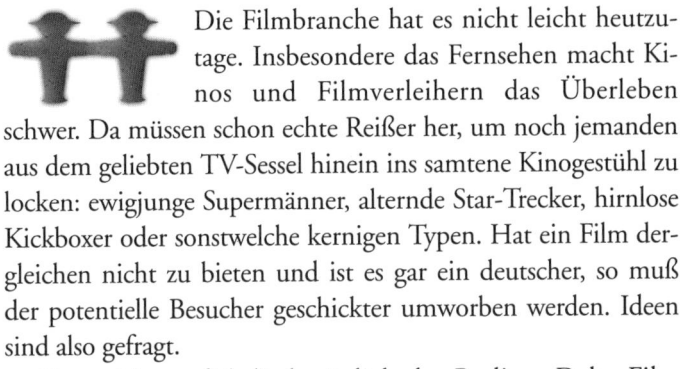

Die Filmbranche hat es nicht leicht heutzutage. Insbesondere das Fernsehen macht Kinos und Filmverleihern das Überleben schwer. Da müssen schon echte Reißer her, um noch jemanden aus dem geliebten TV-Sessel hinein ins samtene Kinogestühl zu locken: ewigjunge Supermänner, alternde Star-Trecker, hirnlose Kickboxer oder sonstwelche kernigen Typen. Hat ein Film dergleichen nicht zu bieten und ist es gar ein deutscher, so muß der potentielle Besucher geschickter umworben werden. Ideen sind also gefragt.

Etwas Nettes fiel diesbezüglich der Berliner Delta Film GmbH ein. Die verleiht Rosa von Praunheims Streifen über Charlotte von Mahlsdorf. Charlotte, laut Ausweis Lothar Berfelde, war bekanntlich der berühmteste schwule DDR-Transvestit. Filmtitel: *Ich bin meine eigene Frau.* – Pikant, aber kein Reißer! Damit ja nichts schiefgeht, wurden den ganz und gar einfallslosen Feuilletonisten vorsorglich werbeträchtige „Schlagzeilen" mitgeliefert. Das darf man sich etwa so vorstellen wie früher die Losungen zum 1. Mai, nur daß es dazumal weit mehr und längere waren als heute jene der Delta Film GmbH. Und zugegebenermaßen fehlten in selbigen auch Worte wie „unglaublich" oder „Museum".

Für die schönste Losung zum Film halte ich *„Charlotte von Mahlsdorf – im Fummel durch Endkampf und DDR".* Wie gefällt Ihnen das? Ist es nicht ein rechtes Meisterwerk, jene sensible Kombination aus „Fummel", „Endkampf" und „DDR"? Was heißt hier ahistorische Zusammenhänge! Fummel gab's schließlich auch in der Unaussprechlichen, und ich entsinne mich, in meinem tristen DDR-Dasein eine ganze Menge Transvestiten gesehen zu haben. Für den Endkampf – sofern der Begriff die letzten Zuckungen des Tausendjährigen Reiches meint – kann ich das nicht sagen, denn diesbezüglich wurde mir die vielgerühmte Gnade der späten Geburt zuteil. Charlotte ihrerseits berichtete jedoch, daß sie weder an jenem „Endkampf" teilgenommen habe noch dies im Fummel tat. Allerdings entging sie anno '45 im taillierten Damenmantel knapp der Erschießung durch endkämpfende Herrenmenschen (Delta: *„Ein Film, der Mut macht").*

Derlei hatte sie in der DDR zu Deltas sicher großem Leidwesen kaum zu fürchten, allenfalls bürokratische Schikanen wegen ihres Privatmuseums und ihrer gemessen am sozialistischen Kleinbürger etwas sonderbaren Lebensweise. Die geistigen Enkel der Endkämpfer indes tauchten bei Lottchen erst im Herbst 1990 wieder auf – mit Baseballschlägern und Brandsatz – und wenig später auch Bürokraten des Rechtsstaats, um ihr Haus zu konfiszieren. Charlotte dachte von da an nicht immer, aber immer öfter ans Auswandern.

Trotzdem, der Delta-Slogan lautet nun mal nicht „... durch DDR und Endkampf", sondern umgekehrt. Das mag aus Sicht jener PR-Menschen auch weit besser in die Zeit passen: Endkampf und DDR – schließlich hat Charlotte beides überlebt!

Wege zum Erfolg

Kreuzweise

Anne Köpfer

Alle Anzeichen sprechen dafür, daß die mageren Jahre vorüber sind. Ein dorniger Weg liegt hinter mir. Mit Grausen denke ich daran, in welch zwielichtigen Etablissements oder obskuren Kneipen ich meine Werke vorzutragen gezwungen war. Vor Kunstbanausen, die während meiner Lesung ständig zwischen Theke und Klo pendelten oder irgendwelche Köter bei sich hatten, die nach jedem Satz herzzerreißend losheulten. Einmal, so erinnere ich mich zitternd, entging ich nur knapp einem geworfenen Spiegelei – mit Teller! –, und auch die Entschuldigung, daß damit eigentlich der Wirt gemeint gewesen sei, beruhigte mich nur wenig. Kurz: Es waren harte Zeiten.

Erst als eine lokale Fernsehstation einen Lückenfüller zwischen *Christlicher Hitparade* und dem bewegenden Beitrag *Kopfläuse – die neue Geißel der Menschheit* benötigte, schien sich das Blatt zu wenden. Meine Lesung hätten mindestens zweihundert Leute mit Interesse verfolgt, ließ die Fernsehstation wissen. Ich spürte es: Das war der Durchbruch!

Frohen Herzens sitze ich vorm Fernseher und schaue mir zum dreiundsiebzigsten Mal das Video an. Eigentlich ist es ja ungerecht: einunddreißig Minuten für die fromme Märchentante mit ihren trällernden und hopsenden Jesuskindern, immerhin noch zehneinhalb Minuten für die Läuse, aber lediglich zwei Minuten und vierzehn Sekunden für eine mitreißende literarische Veranstaltung. Etwas verdrossen lege ich die Stoppuhr zur Seite und begebe mich zum Telefon. Das fehlte noch, daß mir die Telekom gerade jetzt einen Strich durch die Rechnung macht. Das wohlbekannte Freizeichen ertönt. Beruhigt lege ich den Hörer wieder auf die Gabel.

„Kannst du nicht mal schnell den Mülleimer runterbringen?"

Entgeistert blicke ich Julia an. „Du spinnst wohl lauwarm", sage ich. „Du glaubst doch nicht, daß ich in den nächsten Tagen die Wohnung verlasse. Aber wenn du in die Kaufhalle gehst, bring doch bitte zweihundert Briefumschläge mit. Wegen der zu erwartenden Autogrammwünsche."

Mit einem „Du bist ja nicht ganz dicht" begibt sich die Frau meiner Tage und Nächte in Richtung Fernseher.

„Du kannst jetzt nicht fernsehen. Ich muß noch mal das Video ..."

Julia tippt sich nur leicht an die Stirn und geht zum Telefon.

„Könntest du nicht ausnahmsweise mal in die Zelle vorm Haus? Wenn du den Anschluß blockierst ..."

Ohne mich eines Blickes zu würdigen, schmeißt sich meine Angebetete in den nächstbesten Sessel und greift nach der Zeitung mit den Börsennotierungen.

Allmählich werde ich wütend. „Du solltest ruhig etwas mehr Interesse aufbringen. Auch dein Leben kann sich in den kommenden Wochen und Monaten gravierend ändern. Du brauchtest nicht mehr in deine blöde Bundesbankfiliale, sondern würdest als meine ganz persönliche Beraterin fungieren. Sozusagen als rechte Hand der Künstlerin."

„Da sei Gott vor", entfährt es Julia.

Erschrocken schalte ich die vierundsiebzigste Wiederholung der *Christlichen Hitparade* ab. Julia denkt streng atheistisch. Wenn sie sich nun schon auf den Allmächtigen beruft ...

„Man kann übrigens den Videorecorder mit erhöhter Geschwindigkeit vor- und auch zurücklaufen lassen. Dann braucht man sich nicht wegen lächerlicher zwei Minuten die gesamte bekloppte Sendung reinzuziehen."

„Und warum sagst du mir das erst jetzt", frage ich verblüfft.

„Das war ein Intelligenztest. Rate mal, ob du ihn bestanden hast. Wenn es stimmt, daß die meisten Künstler etwas schwach in der Birne sind, hast du tatsächlich die besten Voraussetzungen, berühmt zu werden."

Das war ja nun der Gipfel. Zutiefst gekränkt gehe ich in die Küche, hole mir ein Bier und setze mich vors Telefon. Eisiges Schweigen breitet sich aus.

„Anne, nun sitzt du geschlagene zwei Stunden da und starrst das Telefon an. Was erwartest du denn?"

Mißtrauisch blicke ich hoch. „Willst du mich wieder beleidigen?"

„Aber nein. Es tut mir leid mit vorhin. Ich kann nur die Worte Jesus und Kopfläuse nicht mehr hören."

„Brauchst du auch nicht", sage ich versöhnt. „Ich gucke mir das Video erst morgen früh wieder an. Wenn du in der Bank bist."

„Das ist sehr rücksichtsvoll von dir", meint Julia. „Aber nun verrate mir doch mal, wessen Anruf du erwartest."

„So genau weiß ich das auch nicht. Wer ist denn heutzutage zuständig für Ehrungen?"

„Was für Ehrungen?"

„Na, wenn man irgend etwas enorm Großartiges vollbracht hat und die ganze Bundesrepublik stolz auf einen ist. – Wie auf Charlotte von Mahlsdorf zum Beispiel."

„Du meinst das Bundesverdienstkreuz am Bande."

„Ja", entgegne ich erfreut, „das meine ich. Aber wieso am Bande?"

„Wahrscheinlich, weil es am laufenden Band verteilt wird. Nach meinen Berechnungen müßte in ein paar Jahren etwa jeder dritte Bundesbürger so ein Monstrum besitzen."

„Das glaube ich nicht. Das Bundesverdienstkreuz erhalten nur ganz besondere Menschen. Charlotte ist ein besonderer Mensch, und von dem Geld will sie sich ein Haus in Schweden kaufen."

Julia zählt leise bis zehn, dann atmet sie tief durch. „Weißt du, Anne, was die Unterhaltung mit dir so ungemein anregend macht? Das ist deine außergewöhnliche Begabung, alles durcheinanderzubringen. Mag ja sein, daß diese heldenhaft ‚im Fummel durch Endkampf und DDR' gestöckelte Widerständlerin – wie der Delta-Filmverleih so treffend formulierte – Auswanderungsabsichten hegt; Fakt ist jedenfalls: Mit dem Bundesverdienstkreuz ist keine finanzielle Zuwendung verbunden!"

„Was, kein bißchen Kohle? Wo es doch schon für einen lumpigen Aktivisten mindestens hundertfünfzig Mark ... Bist du ganz sicher?"

„Ja", knurrt Julia, „keine müde Mark."

„Das ist vielleicht ein Scheißorden", sage ich aufgebracht. „Die sollen nur kommen. Eiskalt werde ich denen die Tür weisen. Ihr Blechding brauchen sie gar nicht erst auszupacken. Da können sie noch so bitten und betteln. Die können mich mal ..."

„Ich weiß, kreuzweise", sagt Julia. „Kann ich jetzt wieder das Telefon benutzen?"

Heiße Ware

Eike Stedefeldt

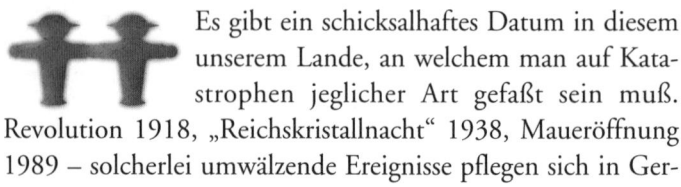

Es gibt ein schicksalhaftes Datum in diesem unserem Lande, an welchem man auf Katastrophen jeglicher Art gefaßt sein muß. Revolution 1918, „Reichskristallnacht" 1938, Maueröffnung 1989 – solcherlei umwälzende Ereignisse pflegen sich in Germanien gemeinhin am 9. November zuzutragen. Ja, und dann ist da noch der 9. November 1994, jener Tag, der mein eigenes Dasein grundlegend veränderte.

Nicht genug damit, daß mich mein Vermieter morgens brieflich gemahnt hatte, ich möge nun endlich meine Anteile an diversen, kürzlich erfolgten Schönheitsreparaturen sowie der Modernisierung vom Vorjahr überweisen und bei dieser günstigen Gelegenheit auch nicht die beiden ausstehenden Monatsmieten vergessen, ansonsten meines Bleibens in diesem Luxusquartier nicht länger sei. Frisch gebadet stand ich abends in meinem zwar modernisierten, jedoch alles andere als schönheitsreparierten Bad und fönte mir mit einer stotternden Heißluftdusche der volkseigenen Marke *AKA electric* die Haare. Plötzlich rumste es mörderisch. Das ganze Haus erbebte. Die auch nach der zweiten Rekonstruktion noch durchgetretenen Dielen knirschten unterm neuen Linoleum, als wäre es ihr letztes Mal. Der robuste Wäschetrockner, den die nach Aussage des Hausverwalters grundsoliden Gipswände trotz zwanzig Zentimeter langer Dübel nicht sicher zu halten vermochten, stürzte mit irrem Getöse in die vergilbte Badewanne. Draußen knallte der wahrscheinlich letzte Brocken Putz aufs Fensterbrett.

Zunächst stand ich wie erstarrt da, dann fing ich mich und schaltete den Fön ab. Der Gedanke, einer jener selten gewordenen Robin Hoods könne dem ganz oben wohnenden Hausmeister aus gewiß ehrbaren Motiven eine Handgranate durchs Fenster geworfen haben, trieb mich neugierig zur Wohnungstür. Durch den bei der Sanierung leider vergessenen, schon etwas milchigen Spion konnte ich mehrere Personen ausmachen, die panikartig das Haus verließen. Rasch türmte ich ein Handtuch um die noch nassen Haare zu einem Turban und riß die Tür auf, um von einem der Vorbeilaufenden zu erfahren, was denn da los sei.

Aber ich kam zu spät; alle schienen schon draußen zu sein. In dem Moment öffnete via-à-vis jemand sacht die Tür. Der alte Krischwitz, bekleidet lediglich mit einer angerauhten langen Unterhose, stand mit offenem Mund und wie immer ohne Gebiß da. Nicht unbedingt ein schöner Anblick. „Det war 'n Volltreffer irjendwo inne Nachbarschaft, mindestens hundert Kilo", krächzte er. Erst als er lakonisch anfügte: „Die Tommies ham damals mehr Blindjänger als allet andere runterjeschmissen", begriff ich, was er meinte. „Und du, Junge" – er zeigte mit seinen spillrigen Fingern auf mich –, „du siehst jenauso dürre aus wie icke damals." Beschämt raffte ich den in der Eile offen gelassenen Bademantel zusammen und knallte die Tür ins Schloß, bevor der Alte mir zum x-ten Male eine seiner beliebten Stories „aus die seelije Kohlrübenzeit" auftischen konnte.

Unsere zu nächtlicher Stunde sonst nicht eben mit Fußgängern gesegnete Straße erwies sich, als ich endlich angezogen und leidlich trockenen Haares vor dem Haus ankam, als regelrecht belebt. Der alte Krischwitz erläuterte gerade dem hastig herbeigeholten früheren ABV und jetzigem KOB Poldi Tempel, wie tief bei einer derartigen Detonation der Trichter sein müßte. Aber weit und breit war kein Trichter auszumachen. Dafür blockierten Glasscherben, Ziegelsteine, Holzbalken sowie mehrere Stücken löchriger Dachrinne den Bürgersteig und die Fahrbahn vor dem alten Eckhaus am Bahndamm. Überall lag geborstener Hausrat verstreut; in einem Baum auf der anderen Straßenseite hingen Gardinenfetzen. Einem auf dem Bordstein geparkten BMW hatten heruntergefallene Dachziegel die Motorhaube eingedrückt.

Ich blickte nach oben und sah die ganze Bescherung: Die vierte Etage des Eckhauses fehlte völlig, der gesamte Dachstuhl war auf die dritte gestürzt. Kühl diagnostizierte ich: Gasexplosion, wahrscheinlich Selbstmordversuch. Aus der Kneipe, der letzten verbliebenen Gastwirtschaft in unserer Straße, dröhnte noch die *„Polonaise Blankenese"* herüber. Ein halbes Dutzend bierseliger Gäste wurde soeben unter lautstarkem Protest von einer Streifenwagenbesatzung hinausgezerrt. Kurz darauf krachte das Schild *Zur faulen Liese* auf den Gehweg. Wenig später setzte ausgiebiger Schneefall ein.

Am nächsten Morgen verkündete der Rundfunk, in der Nacht sei ein mit Ausnahme eines Lokals sowie einer Wohnung leerstehendes Haus bei einer Gasexplosion fast völlig zerstört worden. Laut Polizei hätte die alleinstehende Mieterin bei Verlassen der Wohnung womöglich den Gasherd nicht richtig abgedreht. Daß niemand zu Schaden gekommen sei, wäre allein dem glücklichen Umstand zu danken, daß die leicht verwirrte Greisin bei ihrer Rückkehr unten am Hauseingang geklingelt habe.

Unterdessen waren die Straße gesperrt und der Bus umgeleitet worden – das einzige öffentliche Verkehrsmittel, mit dem man diese Gegend erreichen und vor allem wieder verlassen konnte. Nur ein Trampelpfad durch den tiefen Schnee blieb den Fußgängern, während innerhalb der weiträumigen Absperrungen diverse Fahrzeuge von Feuerwehr, Baufirmen, Energieversorgung und Telekom einander im Wege standen.

Vor den Zäunen parkten Autos von Versicherungen und Medien. Kameraleute, Pressefotografen und Reporter suchten vergeblich nach Toten oder zumindest Schwerverletzten und terrorisierten in Ermangelung blutiger Sensationen das Viertel. Anwohner und zufällig Vorbeikommende wurden interviewt, jeder halbwegs Uniformierte nach seiner Meinung befragt. Die weißbekittelte Haushaltshilfe von Opa Franzke aus der Nummer 18 wurde von zwei Journalisten in der trügerischen Hoffnung aus ihrem VW gezerrt, sie könnte soeben einen Totenschein ausgestellt haben. Ein Statiker verkündete mit Leidensmiene, das Gebäude sei nicht zu retten und müsse wohl oder übel abgerissen werden. Von weitem sah ich, wie eine fette Perserkatze in eine Kamera gehalten wurde. „Schock! Nur Minka hat überlebt! Tierpsychologe glaubt an Heilung" titelte später die Abendzeitung, als hätte das Unglück Hunderte Katzen dahingerafft.

Den ganzen Tag über riß der Fußgängerstrom nicht ab. So viele Passanten hatte die öde Sackgasse wohl ihre ganzen hundertzwanzig Jahre hindurch nicht gesehen. Gegen Mittag tauchte am Drahtzaun Mama Leone auf, um eins war auch Tomate da. Fassungslos griffen die schrullige Alte und der hochrote Kahlkopf in die eiskalten Maschen und starrten – wie gewohnt mit leicht glasigen Augen – auf ihr zerstörtes Domizil.

Nachmittags traf ich im Treppenhaus den alten Krischwitz, der zwecks Klobesuch seinen Beobachterposten für einen

Moment verlassen hatte. „Mensch", schimpfte er, „ohne die *Faule Liese* kriegste in diese Gejend nich ma mehr 'ne Bulette, jeschweige denn 'n kleenet Hellet. Et is schon allet eene Kacke."

„Ja ja", bestätigte ich nachdenklich, „wenn man jetzt 'ne Würstchenbude hätte!" Wir sahen uns einen Augenblick stumm an. Offenbar hatten wir genau denselben Gedanken. Ich dachte ob der Kälte an Glühwein, aber Krischwitz war schon einen Schritt weiter.

„Sach ma, haste eigentlich noch die olle Waschmaschine im Keller?" fragte er. Ich bejahte zögernd, wußte aber nicht, worauf er hinauswollte. „Paß ma uff", vernahm ich seinen Befehl. „Du holst jetzt bei *Aldi* zwanzig Becher *Bautz'ner Mostrich* und zehn Tüten jeschnittenes Toastbrot. Hinterher hol'n wir die Maschine rauf. Ick hab noch dreißig Meter Verlängerungskabel und den ollen Böllerwagen." Es war unschwer zu erraten, was der Alte plante. Wie in DDR-Zeiten auf Rummelplätzen üblich, wollte er warme Speisen aus einer Schwarzenberger *WM 66* anbieten.

„Und was soll es zum Senf und Toastbrot dazugeben?" hakte ich höhnisch nach, weil ich annahm, der Zahnlose hätte in seinem Überschwang eine wesentliche Zutat vergessen. „Da drum mach dir mal keene Sorjen. Renn lieber los, bevor der Laden dichtmacht. Det wird een Bombenjeschäft!"

Als ich schwerbepackt zurückkam – ich hatte außer Senf und Brot noch zehn Flaschen *Blauen Würger* sowie eine Riesenpackung Pappteller ergattert und war dafür meine gesamte für den Monat gedachte Barschaft los –, trabte mein neuer Kompagnon schon ungeduldig vor dem Tor auf und ab. „Nu ma 'n bißchen hurtig! Ihr jungschen Typen habt doch alle die Ruhe weg." Hundertneunzig potentielle Kunden wollte er während meiner kurzen Abwesenheit gezählt haben. „Wird Zeit, daß wir aus die Hufe kommen", trieb er mich barsch an.

„Wußt ick doch, daß du 'n anständiger Kerl bist", freute er sich, als er des *Blauen Würgers* angesichtig ward.

„Und woraus besteht nun das heutige Menü?" wagte ich mich nochmals vor. Wortlos zog er mich hinüber in seinen Keller. „Da!" Ich bekam den Mund kaum zu. Über die ganze rechte Wand hin stapelten sich in Zweierreihen bis unter die Decke Zehn-Liter-Dosen mit *Halko*-Würstchen. „Allet volkseigen", merkte Krischwitz mit diabolischem Blick an, „*VEB Halberstädter Kombinat Wurstwaren,* echte Friedensware."

Während wir die kleine Schwarzenberg aus meinem Verschlag nach oben auf den Böllerwagen wuchteten, ich das Wellrad montierte und die Maschine mit klarem Wasser auswusch, erklärt der Alte, wie er zu den Würstchen gekommen war. Bis vor dreizehn Jahren hätte er sich die Pförtnerschichten in einem Depot der Staatsreserve mit seinen Kumpels Erwin und Paule geteilt. „Wir war'n immer ehrlich, durch uns is nie wat wegjekomm'." Paule hätten sie schon 1985 unter die Erde gebracht, aber Erwin hätte noch bis Ende '90 dort gearbeitet. Nach der Einheit sollten die Staatsreserve aufgelöst und auch diese Würstchen vernichtet werden. Eines Nachts schließlich hätte Freund Erwin mit einem NVA-*Robur* im Hof gestanden und ihm gratis eine Wagenladung dieser Büchsen übergeholfen. Zu Anfang hätte er selbst pro Monat eine Dose verbraucht, aber mit der Zeit seien allergische Erscheinungen aufgetreten und Alpträume, in welchen mannshohe menschenfressende Bockwürste eine zentrale Rolle gespielt hätten.

Die kleine Schwarzenberg war auch dreißig Jahre nach ihrer Erzeugung inklusive mehrjährigem Kellerdasein voll intakt. Fröhlich rumpelte sie auf dem Böllerwagen vor sich hin. Auch das Thermometer funktionierte noch. Nach einer Dreiviertelstunde hatte sie die fünfundzwanzig Liter Wasser zum Sieden gebracht. Zwischenzeitlich hatten wir die ersten Naturdarm-Delikatessen aus ihrem blechernen Behältnis befreit, den Senf in eine große Plastikschüssel gekippt und die Beutel mit dem Klaren, dem Weißbrot und den Papptellern an den Böllerwagen gehängt, aus dem der Alte die Seitenwände herausgenommen hatte.

Aus Krischwitzens Kellerfenster zogen wir die Verlängerungsschnur hinter uns her, als wir uns an den Ort des Geschehens begaben. Mit einem Filzstift waren die Preise an die Waschmaschine gemalt: „Hier gilt ein Umtauschkurs von 1:1 – 1 Bockwurst = 1 Mark, 2 Bockwurst = 2 Mark!" Den Fusel sollte es auf Anfrage für zwei Mark pro Doppeltem geben. „Vier Doppelte und wir ham die Flasche wieder drin", rechnete Krischwitz durch.

Zunächst schien uns niemand zu beachten, als wir uns fußwegseitig am Zaun vor der Ruine aufbauten. Fünfzig Würstchen waren für den Anfang im Bottich. Alle zehn Minuten setzte ich kurz das Wellrad in Betrieb, damit sie schön durchziehen.

Als erstes fragte ein Kind, was es hier gäbe. Wir schenkten ihm eine Wurst, worauf es freudig erregt zu seinen Eltern lief, die das ramponierte Haus begafften. Es war die beste Werbung. Denn nicht nur die Eltern leisteten sich danach eine Zwischenmahlzeit, sondern auch einige andere frierend Umherstehende. Durch das mehrfache Öffnen des Maschinendeckels drang der appetitliche Duft heißer Würstchen allmählich auch hinüber zur Unglücksstelle. Die noch bis zur Dämmerung mit Sicherungsarbeiten an der Ruine beschäftigten Bauarbeiter deckten sich in den folgenden Stunden reichlich ein. Zuweilen hatten wir sogar eine richtige Schlange vor dem Böllerwagen zu bedienen.

Wenig später waren wir die ersten hundert Würstchen los. Das Wasser glänzte mittlerweile vor Fett und schillerte bei entsprechendem Lichteinfall wie ein Regenbogen. Als ich mir die letzte Wurst im Bottich selbst genehmigte, merkte ich warum: Sie schmeckte ganz leicht nach Seife. Ich machte den alten Krischwitz, der gerade das eingenommene Geld nachzählte, behutsam darauf aufmerksam. „An Wasser und Seife is noch keener jestorben", gab er bestimmt zurück und zählte weiter. Auf mein Betreiben hin wechselten wir dann doch das Wasser und standen eine knappe Stunde später wieder an derselben Stelle. Bis zweiundzwanzig Uhr harrten wir dort aus. Durchgefroren fiel ich abends in mein Bett.

Bereits morgens um sieben wurde ich durch eindringliches Läuten an der Tür wieder geweckt. Der alte Krischwitz stand davor und fragte in unmißverständlichem Tonfall, ob ich mich nicht langsam zu *Aldi* begeben wolle. Das Weißbrot sei alle und der Korn erst recht. Spätestens um neun machten die Bauarbeiter Frühstück, und bis dahin gelte es, unsere Ware feilbieten zu können.

Unsere erste Kundin an diesem Tag war Mama Leone. „Ein Würstchen ohne Senf bitte und zwei doppelte Klare", bestellte sie in akzentfreiem Hochdeutsch.

„Det is jenau so 'ne Jebildete wie du", raunte mir Krischwitz zu. Die wie ich Gebildete kippte die beiden Doppelten nacheinander mit einem Zug hinter, lächelte selig, nahm den Pappteller mit der Wurst und wankte zufrieden davon. Gleichzeitig näherte sich erwartungsgemäß ein Pulk Bauarbeiter, der unseren Bottich nahezu leerte.

„Die fressen ja wie siebenköppige Raupen", bemerkte der Alte zufrieden und jagte mich in den Keller, eine weitere Büchse zu holen. Als ich zurückkehrte, hatte er „Echte Halberstädter" auf die Waschmaschine gepinselt. Das kurbelte den Umsatz in den nächsten Tagen nochmals kräftig an. Im Schnitt verzeichneten wir täglich einen Reingewinn von rund sechshundert Mark pro Person, und nach einer Woche überwies ich frohen Gemüts meine Schulden an den Vermieter.

Die Gasexplosion war keine zwei Wochen her, als mir Krischwitz triumphierend die Rückseite einer Boulevardzeitung unter die Nase hielt. „Katastrophe rettet Mieter vor

Kündigung!" schrie es mich in riesigen Lettern an. Darüber ein Foto von Krischwitz und mir hinterm Böllerwagen. „Hier, die hat mir eben die olle Meiern inne Hand jedrückt." Aufgeregt tänzelte er vor mir herum wie Rumpelstilzchen. „Los, lies vor, ick hab die Brille nich uff." Ich tat, wie mir geheißen.

„Erfolg mit Naturdarm: Der rüstige Rentner K. (74) und der langzeitarbeitslose Jungakademiker S. (33) machten aus der Not eine Tugend." Es folgten intime Details über Krischwitz und mich sowie die Herkunft der Würstchen. „S., dessen Liebhaber sich letztes Jahr von ihm trennte und der seitdem die Miete kaum noch zahlen konnte, stand kurz vor der Exmittierung", verkündete das Blatt. „Woher wissen die das?" Entsetzt starrte ich Krischwitz an. „Lies weiter", forderte er ungeduldig. „K. plant nach zehn Jahren seine erste Urlaubsreise – nach Mallorca." Krischwitz schwoll die schmale Brust, als hätte er einen Millionen-Coup gelandet. „Aber erst soll neuer Zahnersatz her", zitierte ich halblaut weiter und schaute den Alten fragend an. Sein Lächeln war verschwunden. „Disse Jemeinheit ham die elenden Westärsche sich selber ausjedacht!" schimpfte er aufgebracht und fuchtelte wütend mit der Faust vor meinem Gesicht herum.

Ich ließ Krischwitz weitertoben und versuchte, meine gesamte traurige Lage zu erfassen. „Langzeitarbeitslos", „drohende Exmittierung", „Naturdarm" schwirrte es durch meinen Kopf. Ich sah im Geiste all die Personalchefs vor mir, die mit Kußhand einen derart beleumundeten Jungakademiker einstellen würden. Wenn diese Zeitungsschnösel wenigstens meinen Ex-Gatten aus dem Spiel gelassen hätten ... Meine Zukunft schien ein für allemal versaut.

Das Ganze ist jetzt zwei Jahre her. Heute stehen Krischwitz und ich nicht mehr mit der kleinen Schwarzenberg auf der Straße. Für diese Aufgabe haben wir acht Angestellte. Mama Leone, die eigentlich Leonora Kuller heißt, ist eine wahre

Pracht, was die Beschaffung von Alkoholika angeht. Zwei alte NVA-Barkasse haben wir mit Schwarzenberg-Maschinen ausgerüstet. Krischwitzens Freundschaft mit unserem Kontaktbereichsbeamten Poldi Tempel verdanken wir manch nützlichen Hinweis auf Dachstuhlbrände, Rohrbrüche, Hauseinstürze, Zugentgleisungen, Bombenfunde und dergleichen umsatzträchtige Katastrophen. Auch die regelmäßigen Staus auf dem nahegelegenen Autobahnkreuz haben sich als sehr gewinnbringend erwiesen. Mit der *Halberstädter Würstchen GmbH* haben wir einen lukrativen Sponsorvertrag, und hin und wieder spenden wir sogar ein paar Mark für die Unglücksopfer.

Ach ja, und Opa Krischwitz trägt jetzt ein strahlend sauberes *Corega-Tabs*-Gebiß.

Der Kafka von Köpenick

Anne Köpfer

Wir sind ein Volk! Wir sind ein Volk! Wieder und wieder haben wir uns die Kehlen heiser geschrien und dabei sehnsüchtig in Richtung Westen geblinzelt. Aufmerksam verfolgte man dort unser Tun. Sicher, mit einem kühnen Handstreich hätte man zu Hilfe eilen können, aber man wollte uns die Würde nicht nehmen. Nicht als Besiegte, sondern als eigenständige Revolutionäre sollten wir ins Paradies einziehen.

Gewiß, einfach war es nicht für die bis dahin ungestört an ihrem Wirtschaftswunder bastelnden Westmenschen, als ihre Brüder und Schwestern in Scharen in ihr Land einbrachen und über jede freie Banane lauthals ins Jubeln gerieten. Aber die Westmenschen waren freundlich und geduldig bemüht, den ehemaligen Mauerschützlingen mit Rat und Tat zur Seite zu stehen. Einige zeigten sich auch ganz anstellig. Manche waren in der Lage, das eine oder andere Liedchen zu trällern, etliche wußten zum Tanze gar trefflich die Füße zu setzen, viele hatten eine bewundernswerte organisatorische Begabung, und die meisten konnten sogar lesen und schreiben.

Was aber nutzten diese erstaunlichen Talente, wenn die Namen der Künstler zwischen Flensburg und Bodensee weitgehend unbekannt waren? Also grübelten West- und Ostmenschen in seltener Übereinstimmung, wie dem abzuhelfen sei. Und gemeinsam fielen ihnen allerlei putzige Dinge ein. Aus der nahezu unbekannten Zonen-Diseuse Gisela May wurde „die Milva hinter dem Eisernen Vorhang". Winfried Glatzeder zu verkaufen hingegen war nicht so schwer. Schon lange geisterte er als Ost-Belmondo durch die Gazetten. Auch Chris Doerk und Frank Schöbel hatten einen gewissen Vorlauf. Als „Antwort der DDR auf Rex Gildo und Gitte" wurden sie dem Klassenfeind eiskalt entgegengeschleudert. Der Berufsindianer der DEFA, Gojko Mitic, erfuhr als „Pierre Brice des Ostblocks" eine gewisse Aufwertung. Roland Neudert als „Peter Alexander der Singebewegung" nahm sich da eher bescheiden aus. Leider war es Herbert Roth nicht mehr vergönnt, als „Ernst Mosch des Thüringer Waldes" die steilen Höhen der Westkultur zu erklimmen. Der Tod raffte ihn vorzeitig dahin.

Auf diese Weise fand sich für fast jeden singenden, steppenden, reitenden oder sonstwie darstellerisch ambitionierten Neuzugang ein freiheitliches Pendant.

Da gab es aber noch die des Lesens und Schreibens Kundigen. Von letzteren hatten einige schon vor der Revolution Erzählungen oder gar Bücher verfaßt, und da sie keine anderen brauchbaren Fähigkeiten vorweisen konnten, bestanden sie darauf, das auch in Zukunft tun zu wollen. Nun war guter Rat teuer. Alles Zureden, alle Appelle an ihre Vernunft, dieses schwierige Metier doch lieber den erfahrenen Westmenschen zu überlassen, stießen auf taube Ohren. Auch die wohlmeinenden Hinweise, im besseren Deutschland würde sie kein Schwein kennen und sich folglich auch niemand für ihre Pamphlete interessieren, vermochten diese alphabetisierten Ossis nicht umzustimmen.

Die Verlage befanden sich in einer äußerst prekären Situation. Womöglich kamen diese sturen Schreiber auf die Idee, die Mauer wieder aufzubauen; nur weil man sie nicht drucken wollte. Das war schon aus politischen Gründen ein Ding der Unmöglichkeit. Die internationale Öffentlichkeit würde sich ins Fäustchen lachen.

Na gut, sagte sich schließlich so ein Verleger, wenn wir dieses Zeug schon publizieren müssen, dann wenigstens mit Gewinn. Immerhin leben wir in der Marktwirtschaft. Wie aber mache ich dem gebildeten Westkonsumenten diese neue deutsche Literatur schmackhaft?

Wen haben wir denn da? Petersdorf, Jochen. Nie gehört. Nichtssagendes Gesicht, Brille und Bauch. Woher hat dieser Mann einen derart dicken Bauch? Von wegen im Osten war Mangelwirtschaft. Vielleicht hatte der Westkontakte. Nein? Schade! – Wo ist der geboren? In Bunzlau? Ist doch Schlesien, oder? War mal Polen? Polen ist Scheiße, aber Schlesien ist gut. Was, Dieter Hildebrandt ist auch in Bunzlau geboren? Warum erfahre ich das erst jetzt?

Reusse, Peter. Weshalb hat der Kerl so eine alberne Pudelmütze auf? Der ist Schauspieler, ach so. Welche Serien? Keine Serien, eher Theater? Schon schlecht. Kann sich keine Texte mehr merken? Von der Stasi durch die Mangel gedreht, was? Nicht? Warum schreibt er dann ein Buch? – Jahrgang '41. Sieht jünger aus. Naturbursche also, Typ Hardy Krüger. Na gut, formulieren wir einfach: „Wie Hardy Krüger alterte er nie." Ein bißchen Schützenhilfe aus Deutsch-Südwestafrika kann dem Mann wirklich nicht schaden.

Lothar Kusche? Ulkiger Name. Muß ich sofort an kuschen denken. Na ja, eben Osten. Was war der, Chefredakteur einer Satirezeitschrift? Staatlich verordneter Humor! Und der will jetzt hier im Westen Bestseller produzieren? Immerhin hält ihn die *Hannoversche Allgemeine Zeitung* für den „Kishon vom Alexanderplatz". Na schön, meinetwegen. Was hat der? Die spätere Frau vom Juhnke auf den Topf gesetzt? Mein Gott, der Mann muß ja uralt sein! Säuft der auch? Nicht bekannt? Schade. Aber Juhnke ist gut.

„Stedefeldt", sage ich, „fällt dir was auf?" Mein Co-Autor schaut mich fragend über sein Intellektuellenbrillengestell an. „Du brauchst einen Prominenten aus dem Westen, mit dem dich irgendwas verbindet. Denk mal bitte nach."

Ihm fiele beim besten Willen nichts ein, was er mit so einem Westarsch gemein haben könne, entgegnet er aufgebracht.

„Nun sei doch nicht so pingelig", sage ich. „Es ist doch nur, damit die Menschen drüben einen Anhaltspunkt bekommen, wer du bist."

Sie sollten sein Buch kaufen und lesen, dann würden sie schon alles Wissenswerte erfahren.

„Das ist es ja. Sie kaufen es nicht, weil sie dich nicht kennen! Kram mal in deinen Jugenderinnerungen. Gibt es nicht einen bundesdeutschen Oldtimer, dessem Sohn du irgendwann mal den Pimmel gehalten hast? Vielleicht Johannes Heesters …"

Erstens wäre Johannes Heesters Holländer, zweitens habe der nur Töchter gezeugt, drittens sei der Mann heute weit über Neunzig und er, Stedefeldt, Anfang Dreißig – ich sollte mal meine Leistungen im Kopfrechnen überprüfen –, und viertens verbitte er sich solche Unterstellungen.

„Ist ja gut", sage ich beruhigend, „war nur ein Versuch und auch nicht sexuell gemeint. Aber irgend etwas müssen wir für dich finden. Hast du früher Tennis gespielt? Hm, Fußball wahrscheinlich auch nicht. Wenn du zum Beispiel mit Tante Käthe mal das Trikot getauscht hättest …"

Warum sollte er mit einer Tante Käthe das Trikot tauschen, fragt Stedefeldt ungehalten. Er trage prinzipiell keine Frauenkleider und tausche seine Kleidung auch nicht. Mit wildfremden Frauen schon gar nicht.

„Tante Käthe ist Rudi Völler, ein weltbekannter Fußballstürmer. Das weiß nun wirklich jedes Kind! Mir scheint, wir müssen uns auf andere Identifikationsmerkmale konzentrieren. Laß dich mal anschauen. Eigentlich bist du außergewöhnlich schlank. Man kann schon sagen, du bist spindeldürre. Aber das hilft uns nicht weiter. Ich kenne keinen Wohlstandsbundi, der derart verhungert aussieht. – Schöne schwarze Locken hast du. Fast wie Zarah Leander ... Singen kannst du nicht zufällig?"

Jetzt habe er aber die Faxen dicke, meint mein Gegenüber wütend. Er sei ein ernstzunehmender Schriftsteller mit Niveau und Tiefgang, und wenn es schon eines Wiedererkennungseffekts für die westliche Leserschaft bedürfe, dann bestehe er darauf, der Kafka von Köpenick genannt zu werden.

„Kafka von Köpenick", sage ich höhnisch. „Du läßt aber auch nichts unversucht, daß dein Buch ein Ladenhüter wird. Oder glaubst du im Ernst, ein normaler Westgermane kann mit dem Begriff Kafka auch nur das geringste anfangen?"

Homo-Bild kämpft für Sie!

Eike Stedefeldt

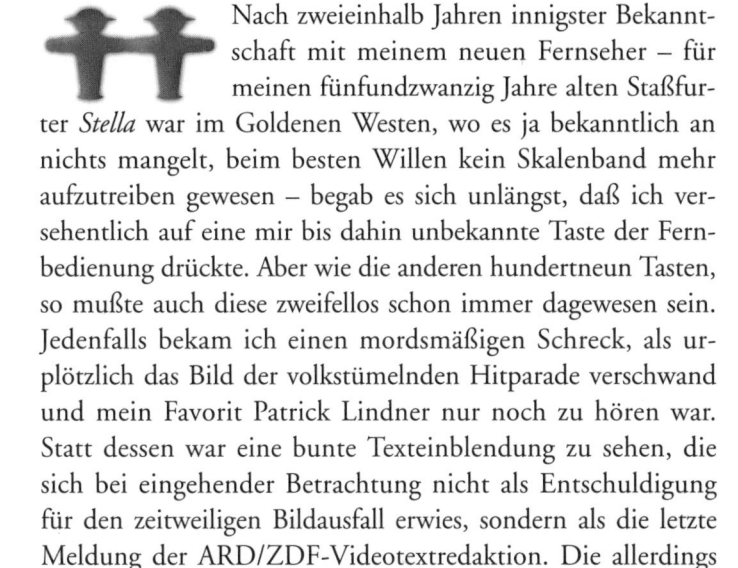

Nach zweieinhalb Jahren innigster Bekanntschaft mit meinem neuen Fernseher – für meinen fünfundzwanzig Jahre alten Staßfurter *Stella* war im Goldenen Westen, wo es ja bekanntlich an nichts mangelt, beim besten Willen kein Skalenband mehr aufzutreiben gewesen – begab es sich unlängst, daß ich versehentlich auf eine mir bis dahin unbekannte Taste der Fernbedienung drückte. Aber wie die anderen hundertneun Tasten, so mußte auch diese zweifellos schon immer dagewesen sein. Jedenfalls bekam ich einen mordsmäßigen Schreck, als urplötzlich das Bild der volkstümelnden Hitparade verschwand und mein Favorit Patrick Lindner nur noch zu hören war. Statt dessen war eine bunte Texteinblendung zu sehen, die sich bei eingehender Betrachtung nicht als Entschuldigung für den zeitweiligen Bildausfall erwies, sondern als die letzte Meldung der ARD/ZDF-Videotextredaktion. Die allerdings ließ mich selbst den süßen Patrick Lindner vergessen: „(dpa) Der Axel-Springer-Verlag will demnächst ein weiteres Blatt nach dem Vorbild der *Bild*-Zeitung auf den Markt bringen.

Der Geschäftsführer der *Bild*-Gruppe im Springer-Verlag, Dieter Pacholski, hat in Hamburg eine entsprechende Ankündigung gemacht. Die Planungen seien allerdings noch nicht abgeschlossen. Die Auflage der *Bild*-Gruppe (*Bild, Bild am Sonntag, Bild der Frau, Auto-Bild* und *Sport-Bild*) ist nach Pacholskis Angaben im II. Quartal um etwa zwei Prozent gestiegen. Am erfolgreichsten sei dabei *Bild am Sonntag* mit einem Plus von 7,8 Prozent gewesen."

Eines Tages mußte es ja so kommen. In der *Bild*-Reihe konnte nicht ewig eine solche sträfliche Lücke klaffen. Für fast alle Vorlieben des ehrbaren deutschen Mannes – Auto, Sport, Frau – gab es bereits seit Jahren Fachlektüre aus des verblichenen Axel Caesars Imperium. Einzig wir homosexuellen Staatsbürger haben diesbezüglich viel zu lange darben müssen. Denn wenn auch meine Freundin Anne gelegentlich *Bild der Frau* aus dem Wartezimmer ihres Arztes mitgehen ließ, um sich an einem Rezept aus der Reihe „So verwöhnen Sie Ihren Ehemann rund um die Uhr" zu versuchen – so ganz das richtige war das wohl nicht. Ihre Freundin jedenfalls verschmähte diese Mahlzeiten konsequent. Auch mein Ex-Freund hatte irgendwann keine rechte Freude mehr an *Sport-Bild,* weil da die schnuckligsten Athleten und sonstigen Ballspieler stets in irgendwelchen völlig unerotischen Trikots abgebildet waren. Wenn's wenigstens noch ein bißchen Tratsch aus deren Intimleben gegeben hätte ...

Dieser Zustand war auf Dauer nicht mehr haltbar, wo sich doch die Homos inzwischen Vater Staat so treu ergeben haben und neuerdings nicht nur in den heiligen Stand der Ehe, sondern für Kanzler, Volk und Vaterland auch weltweit in die Befehlsstände auf den Feldern der Ehre treten wollen. Doch wo Glaube ist, da ist auch Hoffnung, und selbige wird sich demnächst erfüllen, weil man endlich auch in Hamburg bemerkt hat, was da an den Kiosken fehlt: *Homo-Bild*. Das stünde noch gar nicht fest? – Natürlich steht das fest, um was soll es sich bei der zitierten Meldung denn sonst handeln? Die Springers lieben Autos und Sport und Frauen, und bestimmt lieben sie auch Homos, weil die heute zwar viel zahlungskräftiger sind als die Heteros, aber ansonsten genauso bekloppt. Na gut, deutschen Geblüts sollten sie schon sein und andernfalls in ihrer schönen ausländischen Heimat bleiben.

Abgesehen davon: Was für ein *Bild* sollte denn sonst hinzukommen? *CDU-Bild* vielleicht? Ausgemachter Blödsinn, staatsnahe Blätter gibt es genug. Noch zumal bei Springer. *Spiegel-Bild* wäre Verrat an der Pressefreiheit, denn: „Du sollst kein ZK haben neben mir." Und *Ossi-Bild?* Da sei der Geist der Einheit vor! Für *Kriegs-Bild* indes ist Deutschland in noch zu wenige friedensstiftende Maßnahmen verstrickt, und *Fascho-Bild* könnte seinem Ansehen in der Welt derzeit noch schaden. *Kinder-Bild,* einträglich gesponsert von der § 218-, Möhrensaft- und Spinatlobby sowie der Höschenwindel-, Barbiepuppen- und Videospiele-Industrie, wäre noch denkbar. Aber was, bitteschön, wollte man da abbilden? Wo die lieben Kleinen sich heutzutage viel lieber Papis Porno- und Horrorvideos reinziehen? Dann könnte das neue Blatt ja gleich *Porno-Bild* oder *Monster-Bild* heißen. Nee, ich bleibe dabei: Es muß sich um das längst überfällige *Homo-Bild* handeln.

Die Auswahl an umsatzträchtigen Schlagzeilen dürfte reichhaltig sein. Etwa: *„Liebesflüstern am Telefon ... Ein neuer Service der Bundespost", „Nacktwelle rollt – Endlich ist der Sommer wieder da!", „Ober-Bunny trieb's mit Männern", „Papst: Unterdrückt Schwule!", „Massen vor Sex-Shop" „Lindenstraße: Sieg gegen Gauweiler!", „Das neue In-Thema in Deutschland: Body-Erotik".* Sicher werden die Redakteure den hausinternen Skandalfundus plündern: *„Schlimm, wie hemmungslos Alkohol machen kann: In Berlin mißbrauchten 3 Wehrpflichtige nach einem Gelage einen Kameraden ... Alfred Biehle (CSU) ermittelt".* – Wahrscheinlich, warum sie trotz Enthemmung nur einen mißbrauchten und dann auch noch Kameraden ... Antwort auf diese brisanten Fragen gibt demnächst *Homo-Bild*.

Ohne Ratgeberteil läuft natürlich nix. Allein wegen der Lösung so lebenswichtiger Probleme wie: *„Was machen eigentlich die Bodybuilder, daß sie so glatte, unbehaarte Körper haben? Da ich mit meinen Haaren am Körper Probleme habe, würde mich interessieren, wie ich sie wegbekomme. Ich habe es schon mit mehreren Enthaarungscremes versucht, bin mit dem Resultat doch nicht zufrieden. Wer kann mir helfen?"* Oder: *„Ich bin 45 Jahre und möchte mich biologisch bzw. mit geeigneter Bestrahlung entmannen lassen. Wer hat sich bereits auf eine solche Art und Weise entmannen lassen und ist bereit, mir Auskunft zu geben, wie die Auswirkungen auf Körper und Geist sind?"* – Nun, hier mag schon kein Rat mehr helfen, aber des Menschen Willen ist bekanntlich ein Himmelreich.

Doch auch für *Homo-Bild* kommt nichts von nichts, und folglich wird die Redaktion bestimmt von der abgeworbenen Creme der deutschen Homojournaille bevölkert werden, die uns wie gewohnt mit diversen Bonbons der sprachlichen Art beglücken wird. Nicht allein in Konferenzberichten *(„Selbst an Behinderte, Vegetarier, Diätwünsche und Übersetzer ist gedacht")*, nein, auch bei Rezensionen: *„Diese Dokumentation vereint die Arbeit aller Bemühungen ... "*

Ja ja, *„die ältere Generation wird sicherlich mit dem Kopf schütteln"* – und den darin enthaltenen Verstand verlieren, wenn sie nichtsahnend im Supermarkt versehentlich nach dem neuen Medium greift.

Dennoch wird *Homo-Bild* sein Publikum finden – schon wegen der freundlichen Kontaktanzeigen: *„Ich bin klein, fühl jedoch sehr fein, laß mich ganz Dein eigen sein"* beispielsweise oder: *„Dein neues Christus-Erlebnis ... Geborgenheit, brüderlicher Rat im Briefkreis und Lebensbund der Freuden junger Männerschönheiten ... "* Und ganz bestimmt auch wegen der trefflich durch die Werbung (vom Schwulenverband bis zur

Bundeswehr auf der Jagd nach Homos mit Führungsqualitäten) dokumentierten gesellschaftlichen Anerkennung.

Bleibt nur ein Wermutstropfen: Mit *Homo-Bild* werden alle jetzigen Schwulenzeitungen überflüssig; wer wollte sich schon all die wichtigen Informationen mühsam aus selbigen zusammensuchen, wenn er sie für eine DM gebündelt haben kann? Und wenn dann in zwei Jahren dpa wieder Springer-Erfolge in die Welt tickert und verkündet, am erfolgreichsten dabei sei *Homo-Bild* mit einem Zuwachs von hundertfünfundsiebzig Prozent gewesen, dann müssen wohl auch die letzten Bewegungsemanzen einsehen: *„!!! Homosexualität ist das individuelle Unglück eines jeden Betroffenen!!!"*

Für die kursiven Passagen bedankt sich der Autor bei den Schwulenblättern *Adam, Die Andere Welt, Du & Ich, First, Gay News* und *magnus*.

Irre machen gilt nicht

Eine erfahrene Frau

Anne Köpfer

Beschwingten Schrittes komme ich am frühen Nachmittag aus meiner Stammkneipe, die ich vor allem deshalb so schätze, weil sie auf einer Anhöhe liegt, man in der Sonne sitzen und einen wundervollen Ausblick auf eine äußerst belebte Kreuzung genießen kann.

Vergnügt pfeifend suche ich meine Wohnungsschlüssel, freue mich, daß ich schon beim zweiten Anlauf das Schlüsselloch treffe, und lasse mich erschöpft in einen Sessel fallen. Geschafft! Neun bunte Zeitschriften durchgeackert, fünf große Bier und ein mittelprächtiges Bauernfrühstück verkonsumiert – Sonne macht durstig und hungrig –, zwei Verkehrsunfälle beobachtet – leider nur Blechschaden – und ein wenig mit der freundlichen Wirtin geplaudert. Was ist das Leben doch spannend und amüsant!

Mein Blick fällt auf den kleinen schwarzen Kasten neben dem Telefon. Ich liebe meinen Anrufbeantworter. Lässig tippe ich auf die Taste ganz links. *„Ich war berühmt, von mir sprach man in ganz Spanien. Heute sitze ich allein zu Hause und gieß*

Geranien", schmettert er mir entgegen. Manche Leute rufen kaum noch an, weil sie das Lied nicht mehr hören können. Eigentlich schade. Ich bin nach wie vor entzückt. Was hat die Wende uns doch für wunderhübsche Dinge beschert!

Ich schaue auf das Display an der Stirnseite des Apparates. Eine rote Sechs blinkt aufgeregt ins Zimmer. Erwartungsfroh betätige ich die Taste *Replay.* Ein bißchen stolz bin ich schon, wie weltfraulich mir diese ausgeklügelte Technik so von der Hand geht.

„Knirsch brrr krrch roch knarr ..." Aus Erfahrung weiß ich, das geht jetzt eine Minute lang. Das ist zwar etwas unangenehm, aber leider nicht zu ändern. Nach wochenlangen vergeblichen Versuchen, die Telekom für mein Problem zu interessieren, erbarmte sich dann ein hilfsbereiter privater Entstörer. Das läge an der maroden Ostleitung, die eben deshalb ununterbrochen knattere und röchle. Nun sei dieser wunderbare kleine Westapparat an dergleichen natürlich nicht gewöhnt und halte dieses Knattern und Röcheln für Suaheli oder Mongolisch; jedenfalls für eine Sprache.

Vorschriftsmäßig spult das Gerät sein Band ab. Zwei herzzerreißende Hilferufe meiner leicht debilen Tante Ilse – ich möge ihr doch umgehend mitteilen, wann in diesem Jahr Weihnachten wäre –, danach eine aufgebrachte Männerstimme, die mich drohend auffordert, die angelieferten Gartenmöbel endlich zu bezahlen – ich besitze überhaupt keinen Garten –, dann wieder eine Minute Knattern und Röcheln. Schon will ich mich enttäuscht abwenden, da dringt eine fremde Frauenstimme an mein genervtes Ohr. „Anne, entschuldige, daß ich dich störe. Hier ist Editha. Du bist doch eine erfahrene Frau. Ich brauche dich. Ich bin völlig verzweifelt. Kannst du morgen? Ich warte um vierzehn Uhr im *Kalkutta* auf dich. Du bist selbstverständlich eingeladen."

Bei dem Gedanken ans *Kalkutta* läuft mir das Wasser im Munde zusammen: Lamm Biryani oder Chicken Korma mit

Blumenkohl-Pakoras als Vorspeise, zum Dessert gebackene Banane auf Haselnußeis, garniert mit Cashewkernen. Dazu einen gepflegten Weißwein, womöglich *Edler vom Mornac,* zum Abschluß einen Mango-Likör ... Leider kann ich mir solche Köstlichkeiten aus eigener Tasche nicht mehr leisten. Aber morgen! Editha, ich werde da sein. Eine erfahrene Frau kommt zu dir geeilt! Breite deine geschundene Seele vor mir aus, und zwischen Lamm und Mango-Likör wird dir jeder erdenkliche Rat zuteil werden. Was mag es sein, was die gute Editha bedrückt? Sicher Liebeskummer. Frauen haben ständig Liebeskummer. Editha, dein wundes Herz ist bei mir in den besten Händen. Tandoori-Hühnchen mit Basmati-Reis wäre auch nicht zu verachten.

Plötzlich durchzuckt ein Gedanke mein biertrunkenes Hirn. Wer, zum Teufel, ist Editha?

Pünktlich um vierzehn Uhr stehe ich vorm *Kalkutta.* Bedauerlicherweise gestatten die Fenster keinen Blick ins Innere des Restaurants. Ich weiß immer noch nicht, wer sich hinter dem Namen Editha verbirgt. Immerhin, so sage ich mir, hat sie deine Nummer gewählt; folglich muß sie dich kennen. Das ist kein Beweis, antworte ich mir umgehend, der wütende Gartenmöbellieferant hat schließlich auch angerufen; und das war garantiert ein Irrtum. Aber sie hat deinen Namen gesagt!

Derlei Selbstgespräche führend, trabe ich vor dem Lokal auf und ab. Zwei Inder mit Kellnerschürze und Turban tauchen vor der Eingangstür auf und mustern mich interessiert. Einer faßt sich mit der Hand leicht an die Stirn. Ich bin mir nicht sicher, ob ich diese Geste richtig deute oder er bloß kontrollieren will, ob sein Turban noch gerade sitzt.

Bevor sie eine Funkstreife rufen, denke ich mir, wirst du mal lieber reingehen. Es kann ja nicht so schwer sein, in einer kleinen Restauration eine einzelne Dame namens Editha auszumachen. Schließlich sind wir nicht im Saalbau Friedrichshain verabredet.

Mit einer tiefen Verbeugung öffnen mir die Inder die Tür. Vielleicht gelten in Indien nicht nur Kühe, sondern auch Verrückte als heilig, geht es mir durch den Sinn. Doch ehe ich mich weiteren philosophischen Gedanken hingeben kann, werde ich an eine üppige Brust gepreßt. „Anne, Liebes, daß du gekommen bist! Ich warte bereits seit einer Stunde auf dich." Hoffentlich hat sie nicht schon gegessen, ist alles, was mir im Moment einfällt. Antworten kann ich nicht, da ich die wenige Luft, die mir verbleibt, zum Atmen benötige.

Just in dem Augenblick, in dem ich fürchte, ohnmächtig zu Boden zu sinken, werde ich von zwei kräftigen Händen in einen Sessel gedrückt. Vor meinem Gesicht schwingt in bedrohlicher Nähe eine massive Goldkette. Entsetzt schließe ich die Augen. Erst als mir liebevoll ein Kognak eingeflößt wird, wage ich es, meine Umgebung zu sondieren. Vor mir sitzt eine Frau gewaltigen Ausmaßes. Rubens wäre vor Begeisterung der Pinsel aus seiner begnadeten Künstlerhand gefallen. – Das also ist Editha!

„Na, Anne, da staunst du? Hast mich nicht erkannt, gelle? Weil ich so fett geworden bin, stimmt's?" Editha lacht, daß die Gläser auf den Tischen im Umkreis von mehreren Metern zu scheppern beginnen. Ängstlich blicke ich mich nach der Bedienung um. Hoffentlich schmeißt man uns nicht schon vor dem Essen raus. Die beiden Inder stürzen zwar herbei, jedoch nur, um dezent einige Gläser in Sicherheit zu bringen und uns die Speisekarte zu offerieren. Ich registriere es mit Erleichterung.

Anne, rufe ich mich zur Ordnung, jetzt hör mal auf, an die Fresserei zu denken. Interessiere dich lieber dafür, wer Editha ist und woher du sie kennst. Regelrecht leidgeprüft wirkt sie eigentlich nicht. Nach dem Anruf hätte ich eher erwartet, ein in Tränen aufgelöstes zartes Geschöpf vorzufinden, aber nicht diese dröhnende Wuchtbrumme.

„Wir haben uns lange nicht gesehen", versuche ich mich vorsichtig heranzutasten. „Das kann man wohl sagen." Editha nickt heftig. Hm. Sehr ergiebig ist diese Antwort nun gerade nicht. Wenn ich bloß wüßte, ob ich mit ihr mal … Nee, kann nicht sein. Eine Frau von knapp zwei Zentnern gehörte unter Garantie nicht zu meinen Eroberungen. Obwohl, früher war sie ja noch nicht so ausladend. Hat sie selbst zugegeben. In meiner Sturm- und Drang-Zeit könnte sie mir schon mal untergekommen sein. Das ist vielleicht eine blöde Situation. Warum kann diese fette Person nicht einfach klipp und klar sagen, dann und dann und dort und dort sind wir uns begegnet? Na gut, sie tut es einfach nicht. Vielleicht bringt mich die Frage nach ihrem werten Befinden der Lösung ein Stück näher.

„Was hast du denn auf dem Herzen?" versuche ich meiner Stimme einen mitfühlenden Tonfall zu verleihen.

„Ach, Anne, es ist immer dasselbe. Du weißt schon." Ihrem bebenden Busen entweicht ein langer Seufzer, und eine feuchtwarme Hand landet auf meinem linken Knie. Ich bekomme einen mordsmäßigen Schreck. Gottlob werden im nächsten Moment meine Samosas mit Pfefferminzsauce und Edithas Vorsuppe serviert. Während Editha mit dem Löffel versonnen in ihrer Suppe rührt, beschäftigt sich ihre andere Hand weiter intensiv mit meiner Kniescheibe.

Die Samosas wollen mir nicht so recht munden. Ich setze alle Hoffnung auf den Hauptgang. Tandoori-Hühnchen muß man einfach mit beiden Händen essen!

Und richtig. Mit Messer und Gabel fuhrwerkt Editha durchs indische Geflügel. Dankbar wünsche ich ihr guten Appetit. Zu früh gefreut. Unterm Tisch entwickelt sich ein reges Treiben. Editha hat sich offenbar ihrer Pumps entledigt und ist mit zunehmendem Erfolg damit beschäftigt, ihre seidenbestrumpften Füße in meine Hosenbeine zu zwängen. Verzweifelt rücke ich meinen Sessel näher zur Wand. Das verschafft mir ein wenig Abstand, dummerweise komme ich nun aber nicht mehr an meine Sieben Indischen Kostbarkeiten. Ich spiele mit dem Gedanken, den Teller auf den Schoß zu nehmen. Vergiß es, sage ich mir, dann hättest du was anderes bestellen müssen. Sieben Indische Kostbarkeiten kann man nicht auf einem Schoß unterbringen.

Auf Banane mit Haselnußeis habe ich auch keinen Appetit mehr. „Willst du noch etwas zu trinken, Liebes?" flötet Editha.

„Ja", sage ich, „einen Kognak, am besten gleich einen dreifachen." Sekunden später steht eine Flasche *Napoleon* vor mir. Na los, sagt meine innere Stimme, sauf sie dir schlank. In diesem Augenblick packt Editha meine Hand, um sie in eine der vielen Speckfalten unter ihrer Brust zu stopfen. „Fühlst du, wie mein Herz schlägt", stößt sie röchelnd hervor. Ich reiße mich los und flüchte aufs Klo. Der Ausgang ist gleich daneben.

Diesmal ist ein großer Möbelwagen umgestürzt. Kein Wunder, schließlich ist er mit Karacho in eine vollbesetzte Straßenbahn gerast. Die Fahrgäste verlassen taumelnd die Bahn, der Fahrer des Möbelwagens steht staunend vor den etwa zweihundert Einzelteilen eines ehemals intakten Schlafzimmers. „Na", sagt die freundliche Wirtin, während sie mir ein großes Bier hinstellt, „Essen wie immer?"

„Logisch", sage ich. Sie lacht mich an und verschwindet hinter der Theke. Eine nette Frau, konstatiere ich und vertiefe mich wieder in meine bunten Journale.

„Darf ich Sie mal was fragen? Sie lesen so viel, und da denke ich mir, Sie sind doch eine erfahrene Frau …"

Vor Schreck fällt mir fast das Bierglas aus der Hand. Entgeistert blicke ich auf die freundliche Wirtin. Geht das schon wieder los?

„Wissen Sie vielleicht, wie man eine Steuererklärung ausfüllt?"

„Klar", sage ich euphorisch, „das ist eine meiner leichtesten Übungen."

Ist es nicht schön, hier in der Sonne zu sitzen, bei Bier und Bauernfrühstück, und keine feuchtwarme Hand auf den Knien. – Und jetzt ist auch noch ein *Mercedes* auf die ramponierte Straßenbahn aufgefahren.

Sommerlochverband anno '94

Eike Stedefeldt

Der Sommer ist nun endgültig vorbei. Zeit wurde es auch. Endlich tickt das Leben wieder im Normaltakt: Freunde und Kollegen kommen aus dem Urlaub zurück, das Arbeitsleben geht wieder seinen geregelten Gang, und nachts kann man, da die drückende Schwüle passé ist, wieder richtig durchschlafen.

Daß ich nicht richtig durchschlafen konnte, lag allerdings nicht allein an der Hitze. Dazu muß ich wohl etwas erläutern.

Ein freier Journalist wie ich hat eigentlich einen Traumberuf. Das ist scheinbar auch den Menschen vom Schwulenverband in Deutschland – oder kurz und einprägsam: SVD – nicht verborgen geblieben. Leider nehmen sie das mit dem Traumberuf ein bißchen zu wörtlich. Wohl deshalb schicken sie ihre Pressemitteilungen mit Vorliebe des Nachts oder am frühen Morgen durch die deutschen Lande. Nun wäre das nicht halb so schlimm, stünde mein Faxgerät nicht auf dem Schreibtisch und der wiederum – bedingt durch die Enge einer Neubauwohnung – in meinem Schlafgemach.

Nun versetzen Sie sich mal spaßeshalber in meine Lage: Nach langem, arbeitsreichen Tag fallen Sie gegen null Uhr fünfzehn todmüde ins Bett. Natürlich entschlummern Sie sofort, zumal in dem Wissen, gegen sieben Uhr wieder aufstehen zu müssen. Urplötzlich reißt Sie ein schrilles Klingeln aus dem Schlaf. Noch ehe Ihnen ganz bewußt wird, daß das Telefon geschellt hat, tut es dies ein zweites Mal. Leider sind Sie verdammt neugierig – Neugier ist schließlich Grundvoraussetzung für den Traumberuf –, was die Sache extrem verschärft. Denn selbstverständlich wollen Sie keine heiße Story verpassen und schon gar nicht den lang erwarteten Anruf aus Übersee. Schon hören Sie den Anrufbeantworter sich einschalten – für viele Leute Grund genug, den Hörer beleidigt wieder auf die Gabel fallen zu lassen. Also nichts wie die Decke weggeworfen und nackten Fußes zum Apparat gesprintet. „Hallo", raunen Sie ein wenig verschlafen in die Muschel. Und was hören Sie zum Dank: „Piiiiep!" Im nächsten Moment wälzt sich ratternd ein nicht enden wollendes Papierhandtuch aus dem Gerät.

Wo Sie nun schon einmal im Dunkeln am Tisch stehen, wollen Sie auch wissen, was denn da so Hochwichtiges eintrifft. „Hierzu erklärt Volker Beck, Sprecher des Schwulenverbandes in Deutschland (SVD) …" Das ausgerechnet soll es sein, was Sie um zwei Uhr nachts am brennendsten interessiert.

Nun sagt Ihnen Ihr Verstand, daß Sie eigentlich froh und glücklich sein sollten, zumal im Sommer. Denn auch die ehrenwerten Kollegen in den Zeitungsredaktionen bevorzugen die warme Jahreszeit für ihre Urlaubsreisen, und da selbiges gleichermaßen, wenn nicht noch mehr, auf Politiker zutrifft, mangelt es gemeinhin an hochbrisanten Themen, um den Platz zwischen den Anzeigen auszufüllen. In diese Bresche – im Fachjargon Sommerloch genannt – springen seit 1990 alljährlich der Schwulenverband und seine pressesüchtigen Mannen.

Was ereilen einen da nicht für erstaunliche Nachrichten: „Mit einigen tausend Flugblättern rief der Schwulenverband die schwulen Wähler am 12. Juni zu den Urnen." Dazu mußte ausnahmsweise einmal Bundesanwalt a.D. und SVD-Sprecher Manfred Bruns etwas erklären. Und zwar seine „Hoffnung auf Rot-Grün". Unerklärt blieb allerdings, daß es nicht der Schwulenverband war, der zu den Urnen rief, sondern allenfalls der Bundes- oder Landeswahlleiter. Sie werden vielleicht einwenden, daß der Unterschied so groß nun auch nicht mehr ist.

Unlängst wurde in Schweden die sogenannte Homo-Ehe beschlossen. Aus lauter Freude darüber lieferte der SVD das Bonmot „Glückliches Schweden! Schwulenverband: Scharping soll uns endlich das Ja-Wort geben!" Datum: 8. Juni. Man kann ja vom Kanzlerkandidaten halten, was man will, ja, ihn sogar als Alternative zum dicken Oggersheimer sehen. Aber Hand aufs Herz: Würden Sie ihn deshalb gleich heiraten? Mag ja sein, daß die Schwulen den Scharping deshalb so umwerben, weil er aussieht, als hätte ihn weniger das Leben als vielmehr der für seine betont maskulinen Kampfmaschinen bekannte Pornograph Tom of Finland gezeichnet. Wahre Liebe ekelt sich eben vor nix.

Nun kümmert sich ja der SVD reizenderweise selbst um die kleinste diskriminatorische Kleinigkeit. Und so glaubte ich, als am 18. Juni sein Pressedienst mit „Gleiche Rechte in die Verfassung! Schwule Stimmen entscheiden" titelte, zunächst, man hätte einen Schwulenchor von irgendeinem Sangeswettstreit ausgeschlossen. Am Ende des Textes stand jedoch: „Wir wollen nicht nur ein Stück vom Kuchen, wir wollen die ganze Bäckerei und einen Himmel voller Sahnetorten!" Durften womöglich Schwule auf Anweisung irgendeines homophoben Politikers ab sofort kein Feingebäck mehr zu sich nehmen, geschweige denn es in einer Konditorei käuflich erwerben? Gott sei Dank, weit gefehlt! Der Text entpuppte sich als vergleichsweise harmlose Rede des bereits erwähnten Volker Beck zum Christopher Street Day in Berlin. Dabei guckte der selbsternannte „Vertreter des Schwulenverbandes am Sitz der Bundesregierung" angesichts kommender Wahlschlachten schon mal probeweise frech unterm Tisch hervor und ließ den höchst intelligenten Slogan „Am Wahltag ist Zahltag" vernehmen. Ach, Sie meinen, das hätten Sie früher schon mal auf Wahlplakaten lesen müssen? Dreimal dürfen Sie raten: CDU, SPD oder REP?

Per Fernkopie erfuhr die Welt im Herbst '93 auch, daß das aktuelle SVD-Motto „Schwule Macht '94" lautet. Was für eine gewaltige Macht fünfhundert Mann darstellen, durfte sie staunend am 8. Juli zur Kenntnis nehmen: „Wir werden die Entwicklungen in Italien weiterhin aufmerksam verfolgen und im Falle einer Verschlechterung der Situation für Lesben und Schwule unter der neuen Regierung einen Tourismusboykott erwägen." – Ich nehme an, auch Ihnen klingen die gar herzerweichenden Angstschreie des italienischen Fremdenverkehrsgewerbes von jenseits der Alpen noch in den Ohren.

Ach du lieber Gott! Während ich Ihnen hier so offenherzig das Arbeitsleben eines wehrlosen SVD-Adressaten ausbreite, ist es schon wieder kurz nach Mitternacht. Dabei habe ich Ihnen erst in vier meiner fünfundzwanzig Sommerlochfaxe tiefere Einblicke gewährt. Da wird es wohl das Beste sein, Sie schaffen sich selbst einen Fernkopierer an. Aber stellen Sie ihn nach Möglichkeit nicht ins ... Verzeihung, es klingelt gerade. Raten Sie mal, wer da faxt!

Einundneunzig 4:
Zeit für Gefühl

Anne Köpfer

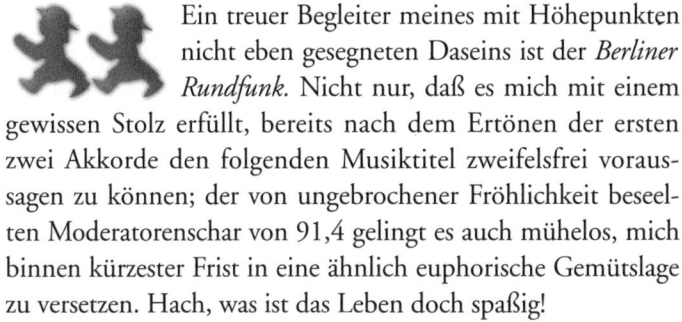

Ein treuer Begleiter meines mit Höhepunkten nicht eben gesegneten Daseins ist der *Berliner Rundfunk*. Nicht nur, daß es mich mit einem gewissen Stolz erfüllt, bereits nach dem Ertönen der ersten zwei Akkorde den folgenden Musiktitel zweifelsfrei voraussagen zu können; der von ungebrochener Fröhlichkeit beseelten Moderatorenschar von 91,4 gelingt es auch mühelos, mich binnen kürzester Frist in eine ähnlich euphorische Gemütslage zu versetzen. Hach, was ist das Leben doch spaßig!

Voller Ungeduld starre ich auf die Uhr. Gleich kommt das nächste Gewinnspiel. Beim „Flotten Dreier" mußte ich unglückseligerweise gerade aufs Klo. Diesmal sind die Rundfunkmacher ganz heiß darauf, eine knifflige Zuhörerfrage in neun Minuten und vierzehn Sekunden zu beantworten. „Eine richtig harte Nuß!" Heute habe ich mir etwas besonders Schweres ausgedacht: Welche Unterhose trug Kaiser Maximilian I. bei seiner Verlobung mit Maria von Burgund? Das kriegen die nie raus. Ich lande wie üblich in der Warteschleife.

Und da bleibe ich dann auch. Statt dessen gewinnt so eine müde Tussi aus Treuenbrietzen den Einkaufsgutschein.

Ich schrecke hoch. *„Goldfinger"* röhrt Shirley Bassey durch den Äther. Erneut stürze ich zum Telefon. Wieder nichts. Ein Klempner aus Charlottenburg ist der erste Anrufer. Nachdem er, der mehrfachen Aufforderung folgend, sich gefälligst anständig zu freuen, zwei Minuten lang spitze Schreie wie „stark", „super" und „affengeil" ausstößt, verspricht der Moderator, die zwanzig James-Bond-Videokassetten abzuschicken. Verzage nicht, sage ich mir, noch ist nichts verloren. Der echte Knüller kommt erst gegen Mittag. Vorsichtshalber übe ich schon mal das Freuen.

Beim Minuten-Spiel macht ein Typ aus Finsterwalde mit zwei zu eins Punkten das Rennen. Aber bloß, weil dieser Radiomensch bei der Stichfrage die logische Antwort der Hausfrau aus Jüterbog nicht anerkennt, die als Gegenteil von *Plus* auf *Bolle* oder *Kaiser's* tippt. Verständlicherweise ist die Hausfrau sauer, wähnte sie sich doch bereits als sichere Besitzerin des Betonmischers von OMIs Baumarkt. Der Sender seinerseits läßt keine trübe Stimmung aufkommen. *„Don't worry, be happy"* legt Bobby Mc Ferrin den Hörern ans Herz.

Unvermittelt werde ich aus meiner glücklichen Phase gerissen. „Zeit für Gefühl: Wir wollen Ihnen etwas schenken. Etwas, was man sich für kein Geld dieser Welt kaufen kann. – Wir schenken Ihnen einen freien Tag! Wir sprechen mit Ihrem Chef. Wir schenken Ihnen einen Tag, an dem Sie nicht zur Arbeit müssen, sondern die Seele baumeln lassen können. Am Montag geht's los." Vor Begeisterung reiße ich beinahe die Bierbüchse vom Tisch. Endlich mal eine tolle Idee. Kein Quiz, keine blöden Fragen, einfach nur beim *Berliner Rundfunk* bewerben. Und dann ganze vierundzwanzig Stunden lang nicht nur die Beine vom Sofa baumeln lassen, nein, die gesamte Seele. Ein Geschenk, wie man es in der heutigen Zeit sensibler kaum ersinnen kann.

Was stelle ich wohl an mit diesem freien Tag? Spazieren gehen? Seit drei Jahren latsche ich täglich mindestens zwei Stunden durchs Wohngebiet. Oder fernsehen? Ich kenn alle zweiunddreißig Programme auswendig. Auf dem Balkon sitzen und lesen? In meiner Leihbücherei bekommen sie schon Zustände, wenn sie mich nur sehen. Ich könnte das Bad renovieren. Quatsch, was gibt's da noch zu renovieren. Sightseeing mit dem öffentlichen Nahverkehr? Können Sie glatt vergessen bei den Fahrpreisen.

Vielleicht lassen die vom *Berliner Rundfunk* ja mit sich reden und schenken mir statt des freien Tages ein einziges Mal im Jahr einen bezahlten Arbeitstag.

Unbeteiligt beteiligt

Eike Stedefeldt

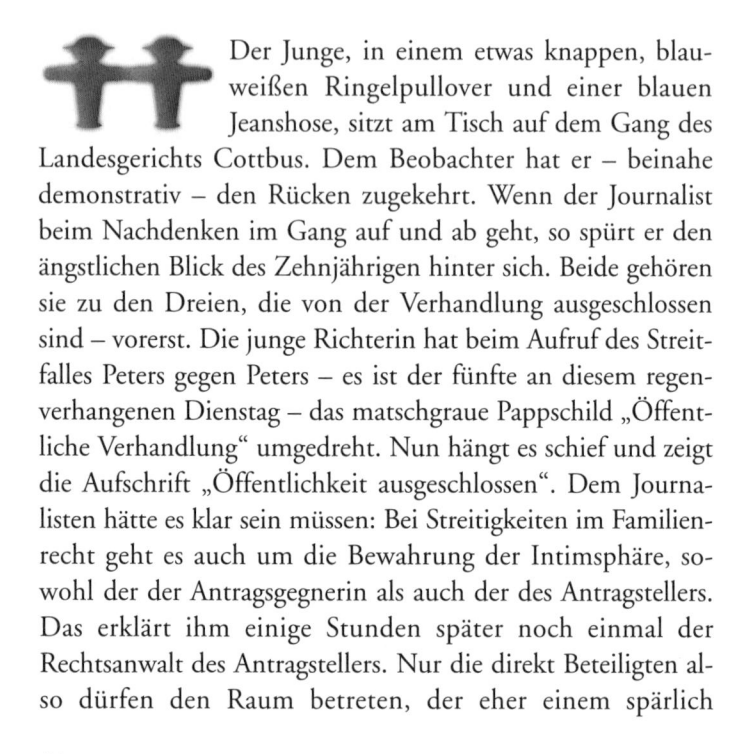

Der Junge, in einem etwas knappen, blau-weißen Ringelpullover und einer blauen Jeanshose, sitzt am Tisch auf dem Gang des Landesgerichts Cottbus. Dem Beobachter hat er – beinahe demonstrativ – den Rücken zugekehrt. Wenn der Journalist beim Nachdenken im Gang auf und ab geht, so spürt er den ängstlichen Blick des Zehnjährigen hinter sich. Beide gehören sie zu den Dreien, die von der Verhandlung ausgeschlossen sind – vorerst. Die junge Richterin hat beim Aufruf des Streitfalles Peters gegen Peters – es ist der fünfte an diesem regenverhangenen Dienstag – das matschgraue Pappschild „Öffentliche Verhandlung" umgedreht. Nun hängt es schief und zeigt die Aufschrift „Öffentlichkeit ausgeschlossen". Dem Journalisten hätte es klar sein müssen: Bei Streitigkeiten im Familienrecht geht es auch um die Bewahrung der Intimsphäre, sowohl der der Antragsgegnerin als auch der des Antragstellers. Das erklärt ihm einige Stunden später noch einmal der Rechtsanwalt des Antragstellers. Nur die direkt Beteiligten also dürfen den Raum betreten, der eher einem spärlich möblierten Klassenzimmer denn einem Verhandlungsraum gleicht. – Vorerst.

Vorerst also hat sich der Journalist mit dem sachlichen, kühlen Ambiente des Ganges abzufinden, mit der blaßgrünen Kunststoff-Tischplatte, den zusammengesuchten, klapprigen und abgewetzten Stühlen, die an drei Seiten um diesen herumstehen. Unterdessen läuft drinnen, hinter der gelb umrahmten Tür, die Auseinandersetzung.

Nur direkt Beteiligte haben Zutritt, die eigentliche Hauptperson indes sitzt ängstlich auf dem Gang. Der Junge hat hier vor Gericht den Status eines Zeugen. Aus dieser ganzen gebeugten Haltung, dem gesenkten Kopf, den herunterhängenden Schultern spricht eine tiefe Verunsicherung, Verschüchterung. Die Bedrückung überträgt sich auf das Gemüt des Journalisten. Es geht um ihn, das weiß der Junge. Es geht darum, ob seine Mutter dem geschiedenen Vater den Umgang mit ihm versagen darf oder nicht. Die Mutter hat das Sorgerecht für den Jungen, der Vater möchte das Recht bekommen, ihn regelmäßig zu sehen. Beide Interessen kollidieren miteinander.

Das sei nicht außergewöhnlich, sagt der Anwalt des Vaters. Auch in diesem Fall nicht. Die Aversionen der Geschiedenen, davon hat der Journalist gehört, lösen nicht selten einen übersteigerten Schutzinstinkt in bezug auf die Kinder aus. Die sind dann vor dem zu schützen, der die Partnerin verlassen hat, vor der, die den Geschiedenen mit einem anderen betrog. Die Schlechtigkeiten der Gegenseite werden mit der Zeit größer. Manchmal werden sie zur fixen Idee oder wachsen sich gar zur Manie aus.

Im Streitfall Peters gegen Peters ist das nicht anders. Der Vater, so die Mutter, habe sich nicht genügend um die Freizeitgestaltung des Kindes gekümmert, solange sie ihm den Umgang mit ihm gewährte. Besuche im Tierpark, im Cottbuser Apothekenmuseum und ähnliches sprechen dagegen.

Seine Geschenke seien zu groß und nicht mit der Mutter abgesprochen gewesen. Das größte davon war ein Technikbaukasten zum Geburtstag. In der Tat kaufte der Vater diesen eigenmächtig, denn auf die Frage an seine geschiedene Frau, was der Junge denn brauchen könne, gab sie keine Auskunft. Der Junge sei oft krank, und der Vater könne ihn dann nicht pflegen. Hauptargument gegen den Umgang mit dem Vater ist, daß der Junge selbst nicht zu ihm wolle. Ein Indiz dafür hat der Vater erst bei einem kürzlichen Anruf bei seiner Ex-Frau entdeckt: Als der Junge ans Telefon ging und er sich mit „Hallo, hier ist Vati" meldete, legte dieser sofort auf.

In der Verhandlung (so erfährt der Beobachter hinterher, der im übrigen ohne den Vorsatz nach Cottbus gereist ist, über diesen Gerichtstermin zu schreiben), spielt – wiederum vorerst – keine Rolle, daß der Vater homosexuell ist und mit einem Mann zusammenlebt. Gerade dies jedoch war im Vorfeld ihr Hauptmotiv, des Vaters Kontakte zum Kind immer mehr einzuschränken. Der Anwalt der Mutter hatte schriftlich die Befürchtung geäußert, der Vater wolle das Kind zur Homosexualität erziehen. Die Mutter ihrerseits berief sich in einem mitgeschnittenen Telefoninterview, das sie Wochen vor der Verhandlung einer Zeitung gab, darauf, das Kind würde durch die Homosexualität des Vaters verwirrt. Und so hatte sie verlangt, daß das Kind, wenn überhaupt, den Vater nur in ihrem Beisein treffen darf. Schon gar nicht dürfe dessen Lebensgefährte dabeisein.

Hier vor der Richterin allerdings werden alle möglichen Gründe, nur nicht dieser, für die Unmöglichkeit weiterer Kontakte von der Antragsgegnerin beziehungsweise ihrem Anwalt vorgebracht; treffend sind sie allem Anschein nach nicht.

Nach einer ersten Pause, in welcher die Richterin das Kind allein befragt und der Journalist Gelegenheit hat, sich beim väterlichen Rechtsbeistand über den Verlauf der Dinge zu informieren, sinniert er, nunmehr mit dem Freund des Vaters allein auf dem Gang, darüber nach, warum hier die Homosexualität des Vaters von seiten der Mutter nicht ins Spiel gebracht wird. Die Mutter hat, so fällt dem Journalisten dabei ein, offenbar die These über eine mögliche Verführung zur Homosexualität verinnerlicht. Das glaubt er deutlich aus dem besagten Zeitungsartikel herausgelesen zu haben. Mit solcherlei Argumenten vor Gericht anzutreten mag ihr womöglich peinlich sein; vielleicht spürt sie ja auch, daß sie sich damit disqualifizieren könnte. Immerhin ist sie Lehrerin; vor der Verhandlung sprach sie auf dem Flur laut genug mit dem Anwalt über ihren Beruf.

Wenngleich dies vieles erklärt – seltsam, ja fast ein wenig entlarvend findet es der Journalist schon, wenn Motivation und Argumentation vor Gericht so offenkundig auseinanderfallen.

Dem Rechtsanwalt der Mutter jedenfalls scheint inzwischen klar geworden zu sein, daß mit der längst widerlegten Verführungstheorie hier nichts zu erreichen ist, höchstens, sich lächerlich zu machen. Andernfalls würde er ja zweifellos dieses schwere Gewicht „Verführung zur Homosexualität" in die Waagschale werfen. So jedoch muß er sich in Ermangelung stichhaltiger Beweisgründe wohl mit eben jenen „rhetorischen Übungen" behelfen, welche sein rechtskundiger Gegenpart in seiner Verteidigung zu erkennen meint, und produziert eben jenen Gegensatz von Motiv und Argument. In diesem Moment kommt dem Journalisten sein alter Rechtsdozent mit der Belehrung in den Sinn, es sei ein verbreiteter Irrglaube, Anwälten ginge es immer um Gerechtigkeit. Anwälte hätten einen klaren Auftrag, und der hieße, das Beste für ihre Mandanten herauszuholen. Einzig und allein dafür würden sie bezahlt. Also übt sich denn dieser hier, ganz im Sinne seines Berufs und des Anliegens seiner Mandantin, in Rhetorik. Dem Journalisten scheint alles klar – vorerst. Auseinanderfallen von Motivation und Argumentation – wird das auch die junge Richterin spüren?

Die halbstündige Anhörung des Jungen durch die Richterin soll dem Vernehmen nach wenig ergeben haben. Verschlossen und sensibel, wie dieser wirkt, hält der Journalist das für kaum verwunderlich. Klare, unvoreingenommene Auskunft zu geben ist von ihm nach Monaten des elterlichen Streits *um ihn* wohl nurmehr schwerlich zu erwarten. Das zu begreifen bedarf es auch nicht der Erklärungen des Vaters, der sagt, die Zeit (er meint die Zeit der Trennung von seinem Sohn) arbeite gegen ihn. Er, seit fünf Jahren von seiner Ex-Frau getrennt, lebt in Berlin. In der Ferne, denkt der Journalist, ist der Vater als Buhmann glaubwürdiger als aus der Nähe. Sie hingegen hat das Kind jeden Tag um sich, ihre Verhältnisse kennt der Junge aus eigenem Erleben, die des Vaters nur ausschnittweise. Und die persönlichen Treffen mit dem Vater sind, erwiesenermaßen, selten geworden, deshalb ja wird hier vor Gericht gestritten. Der Journalist weiß, daß das in bezug auf die Mutter Unterstellungen sind, aber wenn er sie wäre, würde er vielleicht ebenso denken.

Wie denken? Der Journalist verliert sich während der langen Wartezeit in seinen Gedanken. Irgendwie, so fällt es ihm jetzt erst auf, geht es hier vielleicht nur vordergründig um die Interessen eines Kindes. Der Gedanke, es könnte sich bei der ganzen Angelegenheit nur um die Fortführung des Scheidungsverfahrens handeln, ist ihm unbehaglich. Der Hausrat – der gemeinsame Besitzstand – ist vor Jahren aufgeteilt worden. Nur das Kind entzog sich dem konsequenten Teilen; es ist ein Mensch, und Menschen kann man nicht einfach so besitzen, sie denken und fühlen selbst. Und doch: Ein Kind bietet die Möglichkeit, ihm die vermeintlichen Interessen der Eltern oder eines Elternteils so lange als die eigenen einzureden, bis es eben beim Anruf des Vaters den Hörer auf die Gabel fallen läßt. Aber der innere Widerspruch bleibt, denn es denkt und fühlt weiter. Wenn Eltern noch mit einer mehr oder minder bewußten Ungerechtigkeit zurechtkommen mögen, indem sie sie in Selbstherrlichkeit ertränken – ein Kind, wenn es beide Elternteile mag, wird damit schwer fertig werden.

Die Gedankenläufe des Beobachtenden brechen abrupt ab, als die Tür zum Verhandlungsraum geöffnet und er mit dem Satz „Die Öffentlichkeit ist wiederhergestellt" zur Urteilsverkündung gerufen wird.

Ja, verkündet die Richterin, der Vater dürfe sein Kind regelmäßig sehen, einziger Ausnahmegrund sei eine Krankheit des Jungen. Und selbst dann müsse der verpaßte Termin nachgeholt werden. Das klingt zunächst wie ein Erfolg: Lediglich wird der Dienstplan des Vaters, der eines Busfahrers mit Wochenend- und Schichtdiensten, eine Nachholung verpaßter Treffen ausschließen. – Der Junge ist oft krank.

Die Treffen mit dem Jungen haben laut Urteil unter Ausschluß des Lebensgefährten des Vaters stattzufinden. Im Klartext kann das heißen, daß der Junge seinen Vater nicht zu Hause besuchen darf. Denn: Die Männer sind beide Hauptmieter in der gemeinsamen Wohnung. Ein Wochenende mit dem Vater in Berlin wird da schwerlich zu realisieren sein. Ein gemeinsamer Ausflug ist somit ebenfalls nicht statthaft. Auch die Auflage, dem Kind gegenüber keine moralischen Wertungen des jeweils anderen Elternteils zu äußern, wurde erteilt. – Vorerst. Das Urteil gilt zunächst für eine Zeit von sechs Monaten. Sollten sich bis dahin die Eltern nicht einvernehmlich ins Benehmen gesetzt haben, was die Termine angeht, so soll das Verfahren wieder aufgenommen werden.

Der Spruch der Richterin ist verkündet. Der Vater, dem zumindest erst einmal das Umgangsrecht mit dem Jungen bestätigt wurde, ist erleichtert. – Vorerst. Sein Freund sieht, und sein Gesicht spiegelt das wider, die Angelegenheit etwas realistischer. Der Anwalt des Vaters betrachtet die Sache pragmatisch: Beide Seiten seien sich ein Stück weit entgegengekommen. Familienrichter seien weniger Richter denn Vermittler. Sie wollten Wogen glätten, im Sinne des

Kindes. Dennoch rechnet er mit einem Wiedersehen an selber Stelle in einem halben Jahr.

Die Mutter indes ist sich eines Sieges bewußt. Sie hat ihren Besitz verteidigt und schreitet erhobenen Hauptes neben ihrem Anwalt aus dem Raum, hinaus auf den strahlend weiß getünchten Gang. Dort wartet der Journalist, der Beobachter, auf den Vater und seinen Freund, die er tags zuvor, um sich Hintergrundwissen zu verschaffen, telefonisch gebeten hatte, ihn mitzunehmen nach Cottbus und bei der Verhandlung zuhören zu lassen. Er hat beide Männer vor fünf Stunden kennengelernt.

„So, Herr Journalist, nun bin ich aber richtig froh, Sie! Und wo bleibt nun *mein* Honorar?" Der Journalist ist schockiert. Diese Frau kennt ihn nicht. Woher kann sie wissen, daß er Journalist ist? Sie kennt auch nicht sein Motiv, an dieser Verhandlung teilzunehmen; schließlich ging es ihm um die Haltung der Richterin und nicht um die der Mutter. Und sie kann auch nicht wissen, ob er der Autor jenes ersten Zeitungsbeitrages über diesen „Streitfall Kind" gewesen ist, dem sie telefonisch so offenherzig Auskunft gab – er ist es nicht gewesen. Und ferner kann sie nicht wissen, daß jene Zeitung, deren Redakteur mit ihr damals gesprochen hatte, prinzipiell keine Honorare zahlt – weder an Informanten noch an Autoren.

„So, Herr Journalist, nun bin ich aber richtig froh, Sie! Und wo bleibt nun *mein* Honorar?" Sie war – mitten im forschen, hastigen Gehen, den Jungen hinter sich herziehend, ihren vermeintlich siegreichen Anwalt neben sich – unvermittelt im Zentimeterabstand vor ihm stehengeblieben und schaute ihm jetzt schmallippig lächelnd ins Gesicht. „So, Herr Journalist, nun bin ich aber richtig froh, Sie! Und wo bleibt nun *mein* Honorar?" Sie spricht die Worte laut und vernehmlich – das „mein" rasiermesserscharf betonend, die zusammengekniffenen Augen blitzen ihn an –, während sie den Jungen grob zu sich heranzerrt.

"So, Herr Journalist, nun bin ich aber richtig froh, Sie! Und wo bleibt nun *mein* Honorar?" Der Satz trifft den so Angesprochenen, so Besiegten, so Verachteten mitten ins Gesicht, mitten ins Herz. Er glaubt zu fühlen, wie die Worte an seiner Winterjacke kleben, sich wie Säure nach innen fressen. Als er an sich herabblickt, sieht er den kleinen rosa Winkel, den er immer am Revers trägt, auf dem schwarzen Stoff plötzlich ganz intensiv leuchten.

Wie das Leben so schielt

Sind Sie
entscheidungsfreudig?

Anne Köpfer

In der DDR wurde den Menschen bekanntlich vieles vorenthalten. Nicht einmal die im Weltmaßstab längst zur kulturellen Errungenschaft avancierte und von engagierten Zeitschriftenredaktionen unterstützte wöchentliche Selbstanalyse ließen die selbstherrlichen Machthaber zu. Folglich konnte auch niemand seine charakterlichen Fähigkeiten abschätzen, und so kam es, daß oft von ihrer Persönlichkeitsstruktur her völlig Ungeeignete auf verantwortliche Posten gerieten. Ein einfacher Psychotest wie der folgende aus dem Jahre 1986 hätte wohl vor allem im Hinblick auf sozialistische Entscheidungsträger großes Unheil abwenden können. – Wenn er denn genutzt worden wäre.

1. Sie schauen von Ihrem Balkon. Im gegenüberliegenden Haus schlagen Flammen aus einem geöffneten Fenster, und eine Frau ruft aufgeregt: *Incendio! Fuoco! Al fuoco!*
   a) Sie gehen an den Bücherschrank und suchen Ihr Fremdwörterbuch.
   b) Sie nehmen einen kleinen Eimer Wasser und eilen hinüber.
   c) Sie stürzen zum Telefon und wählen die Nummer 162.

2. Auf dem S-Bahnsteig. Sie müssen unbedingt nach Pimpelswurzen. Die Bahnsteiganzeige lautet Pampelshausen, der Bahnhofssprecher gibt durch, der Zug führe nach Popelsknausen, und am Zug steht Piepelswarzen.
   a) Sie steigen ein in der festen Überzeugung, der Zug würde schon nach Pimpelswurzen fahren.
   b) Sie bleiben so lange auf dem Bahnsteig, bis alle Angaben übereinstimmen.
   c) Sie eilen zum Triebwagenführer und machen ihm nachdrücklich klar, daß er nach Pimpelswurzen zu fahren habe.

3. Auf dem Weg zur Arbeit sehen Sie plötzlich eine reichlich gefüllte Geldbörse vor sich liegen.
   a) Sie setzen sich daneben und warten geduldig auf den Besitzer, um in den Genuß des Finderlohnes zu kommen.
   b) Da Sie ja zur Arbeit müssen, überreichen Sie die Börse dem nächstbesten Passanten mit der Bitte, die Börse ins Fundbüro zu bringen.
   c) Sie eilen ins nächste *Exquisit*-Geschäft, um sich von dem Geld von Kopf bis Fuß neu einzukleiden.

4. Bei einem Spaziergang stürzt sich ein Hund auf Sie und verbeißt sich in Ihre neue Hose.
   a) Sie reden beruhigend auf das Tier ein und versuchen, es von seinem Vorhaben abzubringen.
   b) Sie geben dem Hund einen kräftigen Fußtritt, so daß er mehrere Meter weit entfernt im Gebüsch landet.
   c) Sie ziehen die Hose ganz vorsichtig aus und schleichen sich auf Zehenspitzen davon.

5. Sie möchten unbedingt den neuen Otto-Film sehen. Als Sie zum Kino kommen, sind alle Karten ausverkauft.
   a) Schnurstracks gehen Sie zum gegenüberliegenden Kino und sehen sich den Dokumentarfilm *Unsere Nationale Volksarmee* an.
   b) Sie setzen sich auf die Stufen des Kinos und weinen, in der Hoffnung, daß Ihnen jemand seine Karte überläßt.
   c) Sie stellen einen Ausreiseantrag.

6. Sie kommen nach Hause und stellen fest, daß Ihr Bad einen halben Meter unter Wasser steht.
   a) Sie falten mehrere kleine Papierschiffchen und beginnen damit zu spielen.
   b) Sie geben eine Wohnungstauschanzeige auf.
   c) Sie greifen Ihre teuerste Flasche Kognak, um dem unter Ihnen wohnenden Mieter einen Besuch abzustatten.

7. Sie haben durch Annonce eine Dame kennengelernt und sich mit ihr verabredet. Erkennungszeichen *BZ am Abend* unter dem Arm. Einerseits fühlen Sie sich verpflichtet, andererseits wollen Sie die Dame gar nicht näher kennenlernen.
   a) Sie gehen zum vereinbarten Treffpunkt, haben aber statt der *BZ* die *Frösi* unter dem Arm.
   b) Sie gehen zum vereinbarten Treffpunkt mit *BZ*, aber als Margot Honecker kostümiert.

c) Sie stellen sich zum verabredeten Zeitpunkt ohne *BZ* oder sonstige Zeitung nicht am vereinbarten Treffpunkt am Alex auf, sondern am Strausberger Platz.

8. Sie erwarten eine Beförderung und haben Ihren Chef mit Gattin zu sich nach Hause eingeladen. Als Geschenk bringt man Ihnen eine ziemlich scheußliche Nippesfigur „Röhrender Hirsch" mit.
   a) Fröhlich werfen Sie den Hirsch an die Wand und rufen: „Scherben bringen Glück!"
   b) Vorsichtig stellen Sie den Hirsch auf die äußerste Kante eines Regals, hoffend, er möge bald herunterfallen.
   c) Sie schließen die Figur sofort in Ihren Tresor ein und verkünden, es wäre doch unvorstellbar leichtsinnig, so ein wertvolles Stück ungeschützt herumstehen zu lassen.

9. Sie sitzen in einem vornehmen Restaurant, und der Ober bringt Ihnen statt des bestellten Hummers eine marinierte Makrele.
   a) Sie lassen die Makrele heimlich unter dem Tisch verschwinden und hoffen, da ja nun kein Gericht mehr auf Ihrem Tisch steht, daß der Hummer noch gebracht wird.
   b) Sie schauen sich im Lokal um, ob ein Gast Hummer ißt. Wenn ja, gehen Sie zu diesem hin, nehmen ihm den Hummer weg und verspeisen ihn genüßlich.
   c) Sie verlassen das Restaurant und essen am Stand auf der Straße eine Bockwurst.

Auswertung

	1	2	3	4	5	6	7	8	9	Summe
a	1	3	1	1	5	1	3	3	1	
b	5	1	3	5	1	5	5	1	3	
c	3	5	5	3	3	3	1	5	5	
✎										

Punkte

45 bis 35 Punkte
Sie sind ein aktiver und impulsiver Charakter. Entscheidungsfreudigkeit kann Ihnen wirklich niemand absprechen. Sie entscheiden frohgemut in sämtliche Richtungen. Da Sie am nächsten Tag meist nicht mehr wissen, was Sie am Vortag entschieden haben, sollten Sie sich um einen Posten bei der Staatlichen Plankommission bemühen.

34 bis 19 Punkte
Sie entscheiden freudig und leichten Herzens. Leider fast immer falsch. Entscheiden Sie am besten mal eine Zeitlang überhaupt nicht, um sich beziehungsweise Ihr Volkseigenes Kombinat vor dem völligen Ruin zu bewahren.

18 bis 9 Punkte
Von Entscheidungsfreudigkeit kann man bei Ihnen beim besten Willen nicht sprechen. Meist begreifen Sie überhaupt nicht, worum es geht. Das muß Sie aber nicht beunruhigen. Mit Ihrem ausgeprägten Hang zum Dauerschlaf wären Sie ein aussichtsreicher Kandidat fürs Politbüro des ZK der SED.

Weniger als 9 Punkte
Entweder Sie können nicht rechnen oder Sie wollen uns verarschen. In beiden Fällen schlagen wir Ihnen vor, ein Studium an der Parteihochschule und anschließend eine Karriere als Sekretär für Agitation und Propaganda einer Massenorganisation ins Auge zu fassen.

Das Einmaleins der Rosenzucht

Eike Stedefeldt

Es ist mal wieder soweit. Versonnen laufe ich einem schönen Fremdling nach und vergesse, wie stets in solchen Fällen, alle Termine. Er geht in eine Buchhandlung. – Gutes Zeichen. Was für andere ihre *Camel*, ist für mich die intelligente Konversation danach.

Der Bursche schlendert zum Ratgeber-Tisch und blättert auffällig gelangweilt in etwas, dessen kopfstehender Titel zum Fürchten aussieht; es könnte sich, mit ein wenig Phantasie, um den Kopf eines Bandwurms handeln. Während ich ebenso mechanisch das *Einmaleins der Rosenzucht* durchwühle, lasse ich ihn nicht aus den Augen. Als ich schon aufgeben will, weil er scheinbar ewig zu blättern gedenkt, begegnen sich für Sekundenbruchteile unsere Blicke, ein Lächeln huscht über sein Gesicht.

Er rückt weiter zur Esoterik, die rosige Aussicht aufs Profil eines wohlgerundeten Hinterns eröffnend. Ich gehe derweil um den Tisch herum, um rauszukriegen, was der Kerl sich vorher angesehen hat. *Perfekt schwul!* schreit es mich an. Wenn das kein Wink mit dem Zaun ist! Der zunächst vermutete Kopf eines Bandwurms erweist sich als der von Stephan Kring, dem Autor des Werkes höchstselbst.

Der nächste Schrei ist mein eigener: Von Seite achtundsiebzig grient mich zum tausendsten Mal Charlotte von Mahlsdorf an. „Sechzig Jahre gelebter Widerstand in wechselnden Diktaturen", schreibt Kring der umtriebigen Möbeltunte zu, für die die DDR heute ein großes KZ war und deren Widerstand die seltene Gabe hat, mit den Jahren zu wachsen.

Überhaupt hat es Kring mit Berühmtheiten, die er gar lustig zu porträtieren versteht: Leonardo etwa als „Pionier der schwulen Günstlingswirtschaft", Alexander den Großen als „militärisches Genie und rachsüchtige Tunte" oder Hans Christian Andersen als „dänische Märchentante". Nützlich finde ich den Tip „Probier das lieber nicht aus!" hinter der Moritat über Edward II. von England, dem „eine glühende Eisenstange in den Arsch" geschoben ward, um ihn zu meucheln.

Jetzt muß sich das Objekt meiner aktuellen Begierde ein wenig gedulden, denn ich erfahre soeben, wie und wo das mit dem „Männerfang" funktioniert. Fünf Seiten. Also: Busse und Bahnen, Schwimmbäder, Klappen, Sportstudios, Vereine, Bars, Clubs, Discos, Partys gelten als „Schwule Jagdreviere" – aber keine Buchläden. Ängstlich suche ich nach des Schönlings prallen Jeans; zum Glück tut er sich ausführlich in „Chakra, Karma & Co." um. Ist der nun „Der Macker", „Der Enttäuschte", eine „Dancing Queen" oder „Der brave Junge"? „Der Verschmähte" ist er auf keinen Fall. Eher irgendwas zwischen „Graf Koks" und „Der Allzeit-Bereite".

Was lese ich da: „Passive tragen Hosen, die ihren Hintern gut zur Geltung bringen. Aktive sehen das sofort." Ich fühle mich ertappt und flüchte in die Rubrik „Zwölf Tonträger, die jeder Schwule besitzen sollte". Ich habe nur zwei, und einer davon ist auch noch *ABBA Gold*. Von den zwanzig Standardfilmen habe ich elf gesehen, gefallen haben mir fünf, womit die Erfolgsquote weit höher ist als bei den fünfzehn Pflichtbüchern, von denen ich sechs zum Kotzen fand. Es ist schon ein Drama mit dem Schwulsein, auch wenn der Autor seine „Anleitung zum schwulen Glück" in flotte Witzchen verpackt hat.

Natürlich nicht bezüglich des § 175, „der bis 1969 noch in der Original-Naziversion galt". – So 'n Quatsch! Das Original stammt von 1871, da war noch nix mit Nazis. Schönen Gruß ans Lektorat! Ich bin mal wieder dabei, mich aufzuregen. Sowas kann wirklich nur verbreiten, wer mal Tellerwäscher, Architekturstudent, Software-Entwickler, Unternehmensberater, Anzeigenverkäufer und *Prinz*-Redakteur war. Jetzt ermuntert ihn der Verlag auch noch zu Büchern, die keiner braucht. Und womöglich produziert der sogar Artikel für jenes schwule Kölner Dumpfblatt, das in seinem Erstlingswerk ganzseitig wirbt.

„Stephan Kring lebt mit Mann und Katze in Berlin-Kreuzberg." Endlich etwas Vertrautes. Schließlich lebe ich mit Mann und zwei Katzen in Berlin-Köpenick. Das hätte mich leicht mit Kring versöhnen können. Doch jetzt ist mir seinetwegen der schöne Fremdling durch die Lappen gegangen.

Das sechste Gebot

Anne Köpfer

Wollte man in der DDR seine Jahresendprämie oder anderweitig unverdient empfangene Aluminium-Chips unters Volk bringen, so war das bisweilen mit beträchtlichen Schwierigkeiten verbunden. Zumindest, wenn es darum ging, sich einige kulinarische Leckerbissen zu gönnen. Sicher, man konnte mit einem Handwagen vorm Delikatladen aufkreuzen, um später im heimischen Wohnzimmer genüßlich in Spargelspitzen, französischem Weichkäse, gezuckerten Mandarinen, Haifischflossensuppe, Schweizer Käse, Mandel-Nougat-Creme, Ölsardinen – ohne Gräten (!) –, Aal in Aspik, Perlzwiebeln oder auch in Dr. Oetkers Schlagschaum zu schwelgen.

Hingegen war guter Rat teuer, wenn beispielsweise Tante Hermine und Onkel Paul aus Groß Munzel bei Hannover plötzlich vor der Tür standen. Nicht nur, daß sie schon mit einer Stinklaune ankamen, weil man sie an der Grenze wieder einmal völlig grundlos schikaniert hatte – „Verlangt doch dieser Vopo, ich möge meinen Hut für einen Moment abnehmen. Herr, sage ich, der Hut bleibt, wo er ist. Sagt doch dieser Strolch, ihm soll's recht sein. Er gehe erst mal 'nen Kaffee trinken. Anderthalb Stunden hat es gedauert, bis er zurückgekommen ist!" –, es war auch in höchstem Maße deprimierend, wie sie mit anklagendem Blick eine kleine durchsichtige Plastetüte auf den Couchtisch flattern ließen. „Das Eintrittsgeld für euer Arbeiter- und Bauernparadies! Ein Besuch im Zoo von Groß Munzel wäre billiger gekommen. Aber schließlich bist du unsere einzige Verwandte und nicht einer der dort ansässigen Affen."

Ich lächelte gequält. Gleichzeitig wurde mir bewußt, daß mein Ost-Deodorant dem auftretenden Angstschweiß nicht mehr lange standhalten konnte. Ich brauchte nicht darauf zu warten, daß Tante Hermine den Kühlschrank meines Einpersonenhaushalts aufreißen und angeekelt hervorstoßen würde: „Mit diesem grauen Zeug, das ihr Wurst oder auch Käse nennt, vergiftest du *uns* nicht!" Ich wußte auch so, was mir bevorstand. Hoffentlich hatte Zbignew, schwuler Freund und Kellner im *Interhotel Warschau*, heute Dienst. Sonst war ich aufgeschmissen. Ein schier unmögliches Unterfangen, an einem Sonnabend unangemeldet in ein besseres Restaurant eindringen zu wollen.

Nachdem ich mich überschwenglich für die mitgebrachten drei Tütensuppen und das Stück *Lux*-Seife bedankt hatte, stürzte ich zum Telefon. Leider habe er jetzt Feierabend, meinte Zbignew, aber er werde seinem Kollegen Bescheid sagen. Ich solle nur nach István fragen. „Du mußt ihm geben zwanzig Mark. Aber keine diese *Forum*-Schecks nicht." Er sei untröstlich, fügte er bedauernd hinzu, Istváns Vergaser vom *Trabant* sei entzwei und er benötige das Geld für die Werkstatt. „István hat kaputtes Knie. Kann nicht warten halbes Jahr auf Reparatur."

„Und kellnern tut er im Rollstuhl", sagte ich aufgebracht. Aber Zbignew hatte schon aufgelegt.

Ich kramte nach dem ersparten Westgeld. Vier zu eins war die Umtauschformel unter Freunden, fünf bis sechs zu eins unter guten Bekannten. Wer keine von beiden sein eigen nennen konnte, rangierte unter der Rubrik Idioten und durfte siebzig bis achtzig Mark hinblättern, um in den Besitz eines begehrten blauen Zehners zu kommen. Obwohl stark zu letzterer Gruppe tendierend, waren für mich die erträumten Levi's bereits in greifbare Nähe gerückt. Schweren Herzens schob ich den Kauf ein paar Wochen hinaus. Schließlich hatten Tante Hermine und Onkel Paul je fünfundzwanzig Westmark Eintritt löhnen müssen. Da konnten sie schon erwarten, angemessen bewirtet zu werden.

Mein Vorschlag, die U- oder S-Bahn zu benutzen, stieß natürlich auf Empörung. Ob ich ihnen allen Ernstes zumuten wolle, sich mit irgendwelchen Proleten gemein zu machen. Außerdem gebe es in Groß Munzel keine S- oder U-Bahn. Das Argument sei einleuchtend, anwortete ich resignierend. „Gibt es bei euch im Osten keine Taxen oder dürfen nur Parteimitglieder damit fahren?" Onkel Paul hielt sich für unheimlich sarkastisch. Ich begann leise und ganz langsam zu zählen. Fünfunddreißig, vierunddreißig, dreiunddreißig ... Aber irgendwie geriet mir immer wieder das Sechste Gebot zwischen meine Zahlenkolonnen. Du sollst nicht töten, du sollst nicht ... Als ich mich etwas beruhigt hatte, wagte ich den Einwand, man könne doch vielleicht mit ihrem *Mercedes* ... Onkel Paul warf mir nur einen verächtlichen Blick zu. Er sehe vielleicht ein bißchen dämlich aus, aber der Schein trüge. Er jedenfalls lasse sich nicht von diesen Pollacken das Auto klauen. „Aber bitte", meinte Tante Hermine pikiert, „wir können die paar Kilometer natürlich auch zu Fuß zurücklegen. Wenn du es verantworten kannst, daß ich mir etwas breche. Ich jedenfalls möchte nicht in einem russischen Feldlazarett verenden."

Wortlos griff ich zum Telefon und bestellte eine Taxe.

Ohne Zbignew, István und die kleine Spende für den Vergaser hätten wir tatsächlich keinen Platz mehr erwischt. Mir gefiel das Restaurant. Wir bekamen einen freundlichen Vierertisch zugewiesen, das Licht war gedämpft, die Musik dezent und die gesamte Atmosphäre angenehm. Zumindest war sie es bis zu jenem Zeitpunkt, bevor sich Tante Hermine und Onkel Paul geräuschvoll niederließen. Da sie sich standhaft geweigert hatten, ihre Mäntel der netten Garderobiere auszuhändigen – „Den Trick kennen wir! Feine Schurwolle gibst du ab und ein ausgedientes Faschingskostüm von den Donkosaken bekommst du zurück." –, wußten sie nun nicht so recht, wohin damit. Schließlich schien ihnen der Platz unter ihrem Allerwertesten am sichersten. Etwas lächerlich wirkten sie schon, wie sie da auf ihren Stühlen thronten, aber das war schließlich ihr Problem. Wenn sie bloß mal einen Augenblick den Mund gehalten hätten.

„Warum ist es denn so duster hier?" Tante Hermine blinzelte vorwurfsvoll in die Runde. „Das ist im Osten eben so", dröhnte der Baß von Onkel Paul durchs Lokal. „Die haben abends immer Stromsperre, und das Notaggregat liegt in den letzten Zügen. Alles morsch und verrottet! Vielleicht ist es aber auch Taktik. Damit man den Fraß, den sie einem vorsetzen, nicht so genau erkennt." Die Tante wieherte los. Sie konnte kaum noch an sich halten. Was besaß ihr Mann doch für einen köstlichen Humor! Beifallheischend blickte sie zu den anderen Tischen. Von dort kam keine Reaktion. „Armselige stumpfsinnige Kreaturen", zischte die Tante zwischen den Zähnen hervor.

„Schaut euch doch erst mal die Speisekarte an", versuchte ich sie abzulenken. „Vielleicht sollten wir etwas zu trinken bestellen. Wie wär's mit einem Aperitif?" Ob es meine Absicht sei, ihn und seine liebe Frau mit irgendwelchem gepanschten Fusel besoffen zu machen. „Darauf wartet euer Geheimdienst doch nur! Wenn wir dann auf allen vieren kriechen, sackt der uns ein, und wir müssen in Groß Munzel für die Zone spionieren! Für wie blöde hältst du uns eigentlich?"

Ich verzichtete auf die passende Antwort und bestellte mir einen doppelten *Wyborova*.

Tante Hermine thronte verbockt vor sich hin, weil der Kellner ihrem Wunsch nach einem Glas *Echt Bunzlauer Kräutertee* nicht nachkommen konnte oder wollte – „Das ist wieder mal typisch. Derlei Köstlichkeiten landen wahrscheinlich alle bei euren Bonzen in Wandlitz!" –, ich versuchte mir Honecker und Co. bei einem Gelage mit *Echt Bunzlauer Kräutertee* vorzustellen, und Onkel Paul hatte die Speisekarte beim Wickel.

„Kasza krakowska", buchstabierte er mühsam, „ist das ein Volkstanz?"

„Nein", sagte ich, „das ist Buchweizengrütze." Der Onkel schüttelte sich vor Ekel.

„Und Krupnik? Haben das nicht die Russen in den Weltraum geschossen?"

„Nee", sagte ich, „das war der Sputnik. Krupnik ist Graupensuppe."

Jetzt taute auch die Tante wieder auf. Ob ich sie mit einem Armeleuteessen abspeisen wolle? Nichts läge mir ferner, antwortete ich und bestellte den zweiten *Wyborova*. Wenn sie sich eventuell entschließen könnten, ein Hauptgericht zu wählen …

Er werde Baba essen, verkündete der Onkel. Das klinge wenigstens etwas deutsch. „Unter Baba versteht man polnischen Rumkuchen. Du bist bei den Nachspeisen gelandet. Darf ich euch bei der Auswahl behilflich sein?"

Das wäre ja nun der Gipfel an östlicher Impertinenz. Er und Tante Hermine ließen sich von mir keine Vorschriften machen. Erst hätte ich versucht, ihnen Grütze und Graupen aufzuschwatzen und dann auch noch alkoholgetränktes Backwerk. „Wir sind schließlich in der Welt herumgekommen.

Wir waren schon in Mallorca, als du noch in volkseigene Papiertaschentücher geschissen hast."

Fünfunddreißig, vierunddreißig, dreiunddreißig ... Du sollst deinen Vater und deine Mutter ehren ... Von Onkel und Tanten stand nichts geschrieben. Du sollst nicht töten ... Und wie verhielt es sich mit Notwehr? Schaffe in mir ein reines Herz ... Jetzt geriet mir offensichtlich einiges durcheinander.

„He, Ober, zweimal Budyń Gryczany. Aber ein bißchen Tempo. Wir haben keine Lust, in diesem Saftladen zu verhungern. – Warum bringen Sie uns einen Löffel? Denken Sie, wir sind nicht fähig, mit Messer und Gabel umzugehen? Unverschämtheit!"

„Und die Löffel können Sie gleich wieder mitnehmen! Oder sehen Sie hier irgendwo ein Kleinkind?" herrschte Tante Hermine István an.

Milde lächelnd nahm István die Löffel vom Tisch und brachte mir einen weiteren *Wyborova*. „Auf Kosten des Hauses."

Der Onkel lief rot an. Auch die Tante bekam eine äußerst ungesunde Gesichtsfarbe; so leicht ins Grünliche. „Daß du dich als Deutsche nicht schämst, dir von diesen Fremdarbeitern diese K.O.-Tropfen spendieren zu lassen ..."

„Nun", fiel ihr der Onkel ins Wort, „deine Nichte hat offensichtlich die Absicht, sich in dieser kommunistischen Agentenschleuse sinnlos zu betrinken. Bei uns im Westen jedenfalls ..."

Ich wartete nicht mehr ab, was bei ihnen im Westen in solchen Fällen geschah. Ich wußte nur eins: Wenn ich auch nur noch eine Minute an diesem Tisch verbrachte, landete ich unweigerlich hinter Gittern. Sicher würde ich mildernde Umstände bekommen. Vielleicht würde man mich auch nur vor die Konfliktkommission zitieren ... Ich beschloß dennoch, kein Risiko einzugehen.

Ich erhob mich, knallte die kleine Plastetüte mit den Alu-Chips auf den Tisch, um mich mit den freundlichen Worten „Ich wünsche einen angenehme Heimreise" zu verabschieden.

„Uns siehst du nie wieder!" tönte es gellend hinter mir her.

Erleichtert nahm ich bei István am Kellnertisch Platz. „Du wollen Kaczka pieczona, ja? Heute sehr gut."

Während ich mir die Ente in Kapernsoße schmecken ließ, erfreute ich mich daran, wie Tante Hermine und Onkel Paul dem Buchweizenpudding mit Messer und Gabel beizukommen suchten.

„Dir schmecken, ja?" István strahlte mich an. „Aber warum du heute so fromm? Immer murmeln ‚Nun danket alle Gott'."

Bunter Harlekin

Eike Stedefeldt

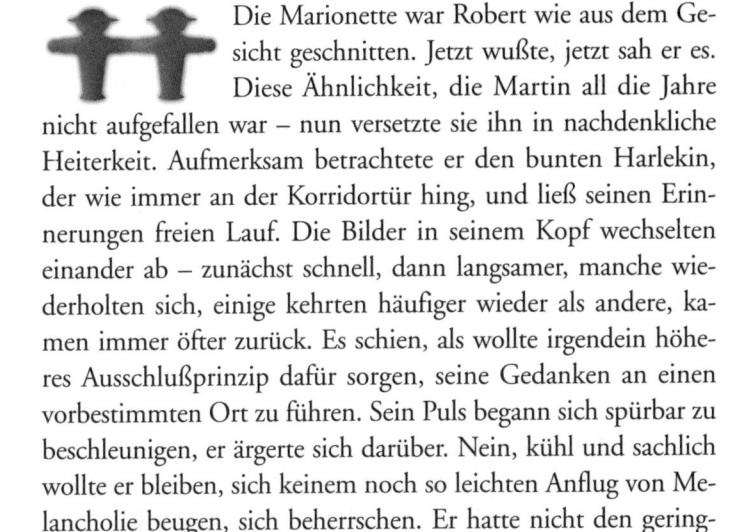

Die Marionette war Robert wie aus dem Gesicht geschnitten. Jetzt wußte, jetzt sah er es. Diese Ähnlichkeit, die Martin all die Jahre nicht aufgefallen war – nun versetzte sie ihn in nachdenkliche Heiterkeit. Aufmerksam betrachtete er den bunten Harlekin, der wie immer an der Korridortür hing, und ließ seinen Erinnerungen freien Lauf. Die Bilder in seinem Kopf wechselten einander ab – zunächst schnell, dann langsamer, manche wiederholten sich, einige kehrten häufiger wieder als andere, kamen immer öfter zurück. Es schien, als wollte irgendein höheres Ausschlußprinzip dafür sorgen, seine Gedanken an einen vorbestimmten Ort zu führen. Sein Puls begann sich spürbar zu beschleunigen, er ärgerte sich darüber. Nein, kühl und sachlich wollte er bleiben, sich keinem noch so leichten Anflug von Melancholie beugen, sich beherrschen. Er hatte nicht den geringsten Grund, mit seinem Schicksal zu hadern, nicht den geringsten. Robert war fort, ein für allemal, und das war gut so.

Schwer erhob er sich vom Küchentisch, griff mechanisch nach dem Teekessel, goß das abgestandene Wasser in den

Ausguß, ließ frisches hineinlaufen und setzte den Kessel auf den Herd. Martin hatte sich wieder unter Kontrolle. Er spülte die Kanne aus, gab einen Löffel Zimt und zwei Teebeutel hinein. Als er nach dem Kardamom suchte, streifte sein Blick wieder den lachenden Harlekin. „Guck nicht so blöd", herrschte er die Puppe an.

Es hatte keinen Zweck. Martin stand plötzlich neben sich, verfolgte jede seiner Bewegungen. Er sah sich die Milch aus dem Kühlschrank holen, sie in die bereitgestellte Tasse gießen, sah sich umständlich eine Scheibe Brot abschneiden und Quark darauf streichen. Der reale Martin hatte sich wieder im Griff, wagte aber nicht aufzuschauen. Den Gefallen, sich nochmals von dem Harlekin aus der Ruhe bringen zu lassen, wollte er seinem Beobachter nicht tun.

Der samt-würzige Sud bekam ihm gut. Warm spürte er jeden einzelnen Schluck seine Speiseröhre hinunterlaufen. Wieder saß er auf seinem Stammplatz, mit dem Rücken zum Wandschrank. Für den Bruchteil eines Augenblicks hatte er erwogen, die Marionette vom Haken an der Korridortür abzunehmen und in den Kleiderschrank zu verbannen. Aber die Flucht vor einem hölzernen Clown – das war ihm denn doch zu albern erschienen, und so hielten seine Gedanken nun stumme Zwiesprache mit der Puppe. Das Kreisen der Bilder hatte ein Ende, der längst vergessene Ort jenes imaginären Lotteriespiels war gefunden.

Mai war es, die milde Luft, der strahlend blaue Himmel ließen einen heißen Sommer erahnen. Die Karlsbrücke war Ausgangs- und Endpunkt von Martins täglichen Streifzügen durch die Goldene Stadt. Er liebte dieses massive Bauwerk; die mächtigen Pfeiler in der majestätisch dahinströmenden Moldau, die Wachttürme an beiden Ufern, deren Torbögen wie geöffnete Türen zum Betreten der sechshundertjährigen Brücke einluden und ihr beinahe etwas Wohnliches gaben.

Und – war denn die Brücke nicht tatsächlich bewohnt? Souvenirstände verführten Touristen zum Erwerb der unnützesten Dinge, Eisverkäufer machten blendende Geschäfte, unterhalb der steinernen Balustrade hockten Porträtzeichner vor zahlungskräftigen Modellen, während am Ostufer ein Landschaftsmaler vor einer Staffelei stand. Martin schlenderte täglich mehrmals über das gotische Bauwerk, verweilte am Fuße mancher der Statuen und betrachtete die vorbeilaufenden Menschen. Einheimische waren kaum darunter; nur selten hörte er ein tschechisches Wort.

Vierzehn Tage hatte er Zeit. Die zänkischen Frauen und bierbäuchigen Männer seines „Kollektivs der sozialistischen Arbeit" hatte er keinen Tag länger ertragen können, die Arbeit hatte in den letzten Monaten ungesunde Ausmaße angenommen, seine Familie ihm mit ständigen besorgten Appellen zugesetzt, er möge doch endlich erwachsen werden, sich nach einer lieben Frau umsehen; so ganz allein und ohne Kinder könne schließlich niemand auf die Dauer glücklich werden. Warum hatten sie nicht begreifen wollen, daß er mit seinen knapp dreißig Jahren erwachsen und mit seinem Eremitendasein zufrieden war, er dazu weder Frau noch Kinder noch sonstwelchen Anhangs bedurfte? Martin war Einzelgänger und gedachte es zu bleiben.

Angelangt am Ende seiner Kraft, hatte er nach einem Fluchtpunkt gesucht, einem Refugium für ein paar Wochen, möglichst weit weg von seiner Stadt, nicht auffindbar für treusorgende Eltern, Tanten und Geschwister. Die Sommersaison stand erst in eineinhalb Monaten an, und so hatte ihm das Reisebüro zu seiner Überraschung einen Aufenthalt in Prag offerieren können. Nach Prag war er nie zuvor gereist, und freudig hatte er Bett und Frühstück in der *Pension Bacchus* unterhalb des *Hradschin* gebucht.

Die Pension erwies sich als ein altes, windschiefes Fachwerkhaus, dessen drei Etagen sich zwischen zwei Gebäude offensichtlich jüngeren Baujahrs drängten. Geführt wurde das kleine Gasthaus von Karla Vanova, einer etwas korpulenten älteren Dame, deren mütterliche Fürsorge Martin zunächst erschreckte. Doch Frau Vanova, obgleich durchaus neugierig und einem vertraulichen Plausch keineswegs abgeneigt, achtete sehr wohl auf die nötige Distanz zu ihren Gästen.

Martins Zimmer zeigte auf einen idyllisch verwilderten Hof. Es war spärlich und alt möbliert, aber gemütlich. Wenn Frau Vanova zum Abend ein paar Holzscheite in dem winzigen Kachelofen entzündete und ein Kännchen Tee darauf deponierte, so breitete sich ein wohltuender Geruch nach Zimt in der Kammer aus. Kam er abends müde von seinen Spaziergängen durch die engen Gassen der *Malá Strana* oder die belebten Passagen der Altstadt zurück, so erwartete sie ihn hinterm Tresen, fragte freundlich nach seinen Tageserlebnissen und empfahl Sehenswürdigkeiten, die er unbedingt noch aufsuchen müsse. Im dritten Stock fand er dann wie gewohnt seinen Tee vor und ein winziges Körbchen, in welchem sich Oblatenbruch mit Anisgebäck abwechselte.

Die tausendjährige Stadt bot ihm all ihre Schätze dar. Seltsam beschwingt erklomm er die Stufen zur Prager Burg, stand im Goldenen Gäßchen stundenlang fasziniert vor den zur Straße hin offenen Geschäften der Glasbläser und Kunstschmiede. Auf dem Burgberg schloß er sich einer Führung an und begeisterte sich im Veitsdom an den hohen farbigen Fenstern der Kathedrale. Mittags trank er in einem Gartenlokal ein Glas *Pilsner Urquell* zu seinen Knödeln mit Kraut oder wählte nachmittags in einer Konditorei aus zwei Dutzend üppiger Kremtorten. Zu nichts verpflichtet, nur den eigenen Wünschen gehorchend, genoß er die fremde Stadt in vollen Zügen.

Nach einer Woche fühlte sich Martin beinahe heimisch in Prag, in der *Pension Bacchus*. An nichts mangelte es ihm, schon gar nicht an menschlicher Gesellschaft. Die anderen Gäste – ausländische Ehepaare zumeist – nahm er nur flüchtig beim Frühstück wahr. Dafür, daß er sich auch bei Nacht nicht einsam fühlte, sorgte schon das schwarze Kätzchen der Vanova, das gegen null Uhr stets an seiner Zimmertür kratzte und um so beharrlicher Einlaß begehrte, nachdem er ihm am zweiten Abend dickflüssige, gezuckerte Schokoladenmilch auf eine Untertasse gegossen hatte.

Wieder stand Martin am frühen Sonntagmorgen in der Mitte der Karlsbrücke. Lässig in die Nische mit der Statue des Heiligen Nepomuk gelehnt, studierte er den Plan der Altstadt. Ab und an blickte er auf, um sich zu orientieren. Er konnte nicht sagen, warum er sich plötzlich beobachtet fühlte. Als er aufsah, wandte sich schräg gegenüber in der Nische der Heiligen Ludmila hastig ein blonder junger Mann ab. Betont langsam faltete Martin die Karte zusammen und ging schnellen Schrittes in Richtung Altstädter Brückenturm.

Bei Einbruch der Dunkelheit betrat Martin die Weinstube *Zum Grünen Frosch*. Im Raum mit der historischen Renaissance-Balkendecke fand er keinen Platz, und so begab er sich in den Teil mit dem berühmten Kreuzgewölbe aus dem 15. Jahrhundert. Wie die Vanova es ihm versprochen hatte, begann im Lokal ab zwanzig Uhr eine Drei-Mann-Kapelle böhmische Volksmusik zu spielen. Volksmusik mochte Martin sonst nicht hören, aber in diese Umgebung hätte nichts besser gepaßt. Zufrieden saß er hinter einem Pfeiler an seinem Zweiertisch und ließ sich vom Kellner einen Schoppen des für dieses Haus üblichen *Žernoseky* einschenken.

„Hat Ihnen Frau Vanova auch den *Grünen Frosch* empfohlen?" Irritiert sah Martin in das Gesicht des Mannes, der mit einem Glas Wein in der Hand leicht vorgebeugt vor seinem Tisch stand.

„Wieso?" konnte er nur zurückfragen.

„Darf ich?" erwiderte der andere und tippte dabei leicht auf die Lehne des freien Stuhls. Martin nickte zögernd. Er hatte keine Lust auf ein Gespräch, aber wie hätte er den Mann abweisen sollen?

„Würde mich nicht wundern, wenn die Vanova mit dem Wirt verschwägert wäre", sagte der Fremde, „scheinbar schickt sie alle ihre Gäste hierher."

Martin lächelte unsicher. „Ist bestimmt nicht die schlechteste Empfehlung", gab er zurück.

„Kommen Sie auch aus der Bundesrepublik?" Der andere schien Martin ein bißchen neugierig.

„Aus welcher?" konterte er im vollen Bewußtsein dessen, daß er sein Gegenüber mit dieser Frage aus dem Tritt bringen würde. Der fremde Mann grinste verlegen.

„Es gibt die Bundesrepublik Österreich und die Bundesrepublik Deutschland", wollte Martin ihm mit leicht ironischem Unterton auf die Sprünge helfen, aber der lachte nur, erhob sich etwas von seinem Platz und streckte ihm die Hand entgegen: „Sie haben gewonnen! – Gestatten, Robert!" Martin schmunzelte.

Im Laufe des Abends stellte sich heraus, daß dieser Robert nicht nur in derselben Pension logierte, sondern auch aus derselben Stadt kam wie Martin. „Sie sind ja ganz schön zeitig auf den Beinen. Ich hab Sie heute morgen schon auf der Karlsbrücke gesehen."

Natürlich, jetzt erinnerte sich Martin an den Blondschopf, der in der Frühe so hastig weggesehen hatte.

„Nun sagen Sie bloß nicht, daß Sie mir seit sechs Uhr hinterhergelaufen sind!"

„Warum eigentlich nicht?" entgegnete Robert und sah ihm frech in die Augen. Martin wußte nicht, was er von dieser Dreistigkeit halten sollte und führte rasch das Glas zum Mund. Da suchte er nichts so sehr wie das Alleinsein, und nun machte ihm dieser Schönling so unverschämt Avancen.

Wo sollte das enden, wenn er sich darauf einließ? – Es endete, wo es enden mußte.

Mit einer Woche Verspätung zu Hause angekommen – sein Betrieb hatte ihm auf einen Telefonanruf hin großzügig weitere sieben Tage Urlaub genehmigt –, packte Martin traurig seinen Koffer aus. Er suchte nach einem Platz für Roberts Harlekin, der nicht mehr in dessen Reisetasche gepaßt hatte, und hängte ihn dann an die Flurtür. Sie hatten die Marionette am vorletzten Tag ihres Prager Aufenthaltes gekauft, bei einem Puppenmacher, der seinen Stand auf der Karlsbrücke aufgeschlagen hatte. Hunderte Puppen hatten unter dem grün-gelb gestreiften Baldachin gehangen, eine hübscher als die andere. Ohne jede Kaufabsicht hatten sie lange davorgestanden und die kleinen Kunstwerke bewundert. Martin wußte bis jetzt nicht, was in ihn gefahren war, als er unvermittelt auf den Harlekin gezeigt, stolze siebenhundert Kronen aus dem Portemonnaie gezählt und Robert die Marionette geschenkt hatte.

Wenige Tage später konnte er die Fotos abholen. Das Bild, das ein amerikanischer Tourist am Pulverturm von Robert, ihm und dem Harlekin gemacht hatte, legte er in die unterste Schublade des Buffets. Robert hatte sich noch immer nicht gemeldet und würde es wohl auch nicht mehr tun. Es war ein teurer Urlaubsflirt gewesen, mehr nicht, und damit basta!

Als er eine Woche später die Tür öffnete, fiel ihm Robert um den Hals. Martin vergaß die sorgsam geplanten Schimpfkanonaden und zog ihn ohne Umweg ins Schlafzimmer.

Fünfzehn Jahre war das her. Robert war niemals endgültig bei Martin eingezogen, hatte seine winzige Einraumwohnung behalten, auch wenn er die meiste Zeit bei ihm lebte. Er wollte unabhängig bleiben, so hatte er gesagt, und Martin, der sich zuweilen in der Einsamkeit recht wohl fühlte, hatte sich nur zu gern darauf eingelassen.

Die Jahre waren vergangen, ohne daß einer von beiden je ihr stilles Einverständnis angesprochen hätte. Es war klar, daß, wenn einer gehen wollte, er dies konnte. Ohne gegenseitige Schuldzuweisungen, ohne moralische Appelle, ohne, daß der andere versuchen würde, ihn aufzuhalten, ohne dem anderen ein schlechtes Gewissen einzuflößen. Einfach so.

Und doch hatte es Martin wie ein Schlag getroffen, als Robert ihm eröffnet hatte, er würde so bald wie möglich nach Australien auswandern. Die Zeit sei reif für Veränderungen, hatte er gemeint. Jetzt, wo die Grenzen endlich offen seien, würde ihn nichts und niemand mehr in diesem sozialistischen Kleinbürgermief festhalten können.

Nichts und niemand, das hatte weh getan und tat weh bis heute. Niemand – das bedeutete, auch Martin nicht. Nicht einmal Martin, nach so vielen gemeinsam verbrachten Jahren. Hatten sie sich derart auseinandergelebt, hatte er Robert so falsch eingeschätzt? Wenn Robert wenigstens gefragt hätte, ob Martin ihn begleiten wolle – das hätte ihm die Trennung erträglicher gemacht.

In den darauffolgenden Wochen hatte sich Robert nur telefonisch gemeldet. Mittlerweile wußte er, daß er nach Derby an die Nordwestküste ziehen würde, wo Leute mit seiner Ausbildung gefragt seien. Eine preiswerte Wohnung habe man ihm auch schon vermittelt. Nein, Martin wollte kein Mobiliar von ihm haben. Gar nichts wollte er mehr von Robert.

Zu seiner Erleichterung fiel ihm das Alleinsein nicht annähernd so schwer wie erwartet. Erstaunt, ja mehr noch schockiert, registrierte er, wie wenig er Robert eigentlich vermißte. Sich in seiner Leidenschaft für diesen Mann so sehr getäuscht zu haben schien ihm unmöglich. Er hatte sich doch nichts vorgemacht. Manchmal saß er abends vorm Fernseher und ertappte sich, wie er darüber nachsann, was ihn wohl all die Jahre an Robert gebunden haben mochte.

Und heute also sollten sie sich endgültig das letzte Mal gesehen haben. Robert war zu Martin gekommen, drei Stunden vor seiner Abreise nach London, von wo aus er nach Sydney weiterfliegen wollte. Der Begrüßungskuß war herzlich wie gewohnt ausgefallen. Als wäre nichts geschehen, saßen sie am Küchentisch, tranken Tee und redeten belanglose Dinge. Wie immer, wenn Robert auf Reisen ging, hatte Martin ihn noch einmal abgefragt, ob alles Wichtige geregelt sei. Es war alles geregelt.

Bevor Robert aus der Tür gegangen war, hatte er Martin ein letztes Mal umarmt, ihn minutenlang fest an sich gedrückt. An seinem Hals hatte Martin eine Träne herablaufen gespürt. Dann hatte Robert sich losgemacht, mit leiser Stimme noch „War eine schöne Zeit mit dir" gesagt und war die Treppe hinuntergestürmt. In dem Moment wußte Martin, daß Robert genau den richtigen Zeitpunkt zum Gehen gespürt hatte.

Martins Grübeln brach ab, als vor dem Haus eine alte *Tatra*-Bahn heiser kreischend die Kurve durchfuhr. Das Geräusch, das er zuallererst in Prag gehört hatte, tat ihm nicht mehr weh. Die Goldene Stadt konnte so nah sein und so fern. Langsam erhob er sich, zog Schuhe und Jacke an. Bevor er die Wohnung verließ, strich er dem bunten Harlekin zärtlich übers Gesicht, drückte sanft die hölzerne Hand und lächelte.

Die Angestellte im Reisebüro bestätigte nach längerem Suchen, daß die *Pension Bacchus* noch existiere. Das Haus sei aber nicht sehr komfortabel, wandte sie ein. „Macht nichts", erwiderte Martin. Sie entbot sich, ihm dort vorsorglich ein Zimmer reservieren zu lassen. „Wenn das möglich ist ..." Es war möglich, und auch die Fahrkarte konnte er an Ort und Stelle erwerben: „Einmal Prag, einfache Fahrt." Als Martin auf die Straße trat, atmete er tief durch. Es war Mai. Die milde Luft, der strahlend blaue Himmel ließen einen heißen Sommer erahnen.

Soziale Jahrmarktwirtschaft

Verzögerungen melden Sie bitte ...

Anne Köpfer

Schon zu DDR-Zeiten gehörte Einkaufen nicht gerade zu meinen Lieblingsbeschäftigungen. Von „Ham wa nich" über „Fragen Sie doch in zwei Wochen noch mal nach" bis zu „Mehr als vier Tomaten pro Person darf ich aber nicht abgeben" reichte die Palette der Auskünfte des mehr oder weniger gesprächsbereiten Verkaufspersonals.

Damals steckte ich meine Füße noch unter den Küchentisch meiner lieben Mutter, worauf diese knallhart entschied, wenn sie von mir schon keine Hilfe in puncto Saubermachen erwarten könne, so sei es doch wohl nicht zu viel verlangt, wenigstens einmal die Woche in die Kaufhalle zu gehen.

„Also, paß auf, Kind." Mit diesen Worten begann jedesmal eine längere Unterweisung. „Zuerst fragst du am Fleischstand nach Rouladen. Sollten sie welche haben – was allerdings an Wunder grenzen würde –, gehst du sofort an den Wurststand, um nach Speck zu fragen. Nein, die Rouladen noch nicht kaufen! Was soll ich mit den Dingern ohne Speck und Gurke. Ja, nach Gurken fragt man am Gemüsestand. – Wenn also etwas nicht da ist, mußt du umplanen. Zum Beispiel schaust du nach, ob du Weißkohl siehst. Nein, noch nicht kaufen. Erst wenn du Kümmel gefunden hast. Gut, den Kümmel kannst du mitbringen, der wird ja nicht schlecht. Ist kein Weißkohl da, gehst du zum Fischstand und fragst nach Filet. Nein, noch nicht kaufen. Hast du darauf geachtet, ob sie am Gemüsestand Zitronen hatten? Ohne Zitrone geht das mit dem Filet natürlich nicht. Dann mußt du umplanen. Jetzt guckst du nach, ob Spaghetti da sind. Ja, bei Teigwaren. Aber nicht nehmen, bevor du dich vergewissert hast, daß Ketchup da ist. Sollte eines von beiden nicht vorhanden sein ..."

Ich haßte diese Kaufhalle. Auf meinen Einwand, ob eventuell, ausnahmsweise nicht mal Vater den Einkauf übernehmen könnte, winkte Mutter ab. Vater hole schließlich die Kohlen aus dem Keller. Aber wenn ich darauf bestünde, würde sie gern mal mit ihm reden. Sicher würde er es begrüßen, einmal in der Woche durch eine gut beheizte Einkaufshalle zu schlendern, statt jeden Tag drei Eimer Kohlen in den fünften Stock zu schleppen.

Nach längerem Nachdenken befand ich, daß auch Stullen als wohlschmeckend und nach neuesten wissenschaftlichen Erkenntnissen durchaus vollwertige Nahrung zu betrachten seien. Ich kaufte mir eine Brotschneidemaschine und zog in eine zentralbeheizte Neubauwohnung.

Meine Eltern grollten und luden mich selbst an Feiertagen nicht zum Essen ein. Ich fand das ziemlich fies, denn insgeheim mußte ich mir eingestehen, daß mir die wurst- und käsebeschmierten Brote allmählich zum Halse raushingen. Einige Male hatte ich versucht in einem Restaurant plaziert zu werden. Ich konnte machen, was ich wollte, man plazierte mich einfach nicht. Es dauerte eine Weile, bis ich begriff, daß ich offenbar die falsche Trinkgeldwährung in meiner Kunstlederjacke bei mir führte.

Ich wurde immer dünner und legte mir schließlich Hosenträger zu. Auf Dauer war es doch zu beschwerlich, mit der einen Hand die fortwährend rutschenden Beinkleider festzuhalten und mit der anderen den Plan zu erfüllen. Wie mir erging es täglich Tausenden und aber Tausenden Bürgern. Bedarf es eines weiteren Kommentars, daß die DDR dem Untergang geweiht war?

In meiner näheren Umgebung gibt es jetzt vier Supermärkte. Drei davon sind aus den einstigen *HO*-Kaufhallen hervorgegangen; natürlich nicht zu vergleichen mit den ehemals traurigen Stätten tagelangen Suchens und Flehens: „Ach, liebe Frau Verkäuferin, könnte ich nicht vielleicht doch acht Erdbeeren bekommen? Wir sind eine vielköpfige Familie. Mein Mann arbeitet in fünf Schichten, ich leite den Handarbeitszirkel im Demokratischen Frauenbund, und unsere sechs Kinder sind fleißige Thälmann-Pioniere."

Einer von den neuen Supermärkten allerdings – ein ehemaliger *Rewatex*-Stützpunkt – ist mehr ein Dorado für Arme. Da gehe ich nicht gerne einkaufen. Ich habe schon zu DDR-Zeiten äußerst ungern Pappkartons ausgepackt.

Eine große, dicke rote Kaffeekanne an der Stirnseite des edleren Marktes kündet schon von weitem von den zu erwartenden Freuden des Einkaufens. Eigentlich ist alles kinderleicht. Nur mir stellen sich ständig irgendwelche Hindernisse in den Weg. Da hat sich nun der Herr Kaiser höchstpersönlich die Mühe gemacht, mir ein so prächtiges Einkaufsparadies vor die Haustür zu stellen, aber ich bin offensichtlich unfähig, selbiges zu genießen. Meine Etagennachbarin, mit der ich früher im Wechsel die *Goldene Hausnummer* zu polieren pflegte, sprach mich neulich an: „Ist es nicht schön im Supermarkt? Der Wochenendeinkauf ist in Nullkommanix erledigt." Warum nur, frage ich mich, gelingt es mir nie, unter zwei Stunden aus dieser verdammten Halle zu kommen?

Diesmal, nehme ich mir ganz fest vor, soll nichts schiefgehen. Den Einkaufszettel, den mir Julia vorsorglich mitgegeben hat, in der linken, den Chip für den Einkaufswagen in der rechten Hosentasche, bahne ich mir den Weg zu einem Schuppen neben dem Supermarkt. Ich steige behende über mehrere Glasscherben, umgehe drei Hundehaufen und eine Pfütze undefinierbarer Flüssigkeit, und es gelingt mir doch tatsächlich ohne allzugroße Kraftanstrengung, den Wagen aus seiner Verankerung zu reißen und in die Halle zu bugsieren.

Aha, Birnen soll ich mitbringen. Vier Stück. Das kann nicht schwer sein. Ich suche vier Prachtexemplare aus, springe kurz in die Höhe, um eine der unter der Decke hängenden Plastetütchen zu erwischen, spucke mir auf die Finger, weil ich aus Erfahrung weiß, daß die Tütchen dann die Öffnung preisgeben, und begebe mich zur Waage. Nun muß ich bloß noch das Bildchen mit den Birnen suchen. Was ist das? Drei Birnenbildchen sind im Angebot. Befindet sich nun die *Fromme Helene*, die *Wilde Kühne* oder die *Beherzte Henriette* in meinem Tütchen? Rat suchend wende ich mich an eine Frau im weißen Kittel, die eifrig bemüht ist, welkes Gemüse in einen Abfallbehälter zu werfen. „Sie müssen die Nummer 13 drücken. Das ist die *Schmale Mächtige*, die Sie haben." Dankbar drücke ich die Nummer 13.

Weiter im Konzept. Butter und Brot sind mühelos zu finden. „Kartoffeln", steht als nächstes auf meinem Zettel. Ich jage zurück zur Gemüseabteilung. Die Kartoffeln sind zu ebener Erde gelagert. Auf Knien begutachte ich die einzelnen Sorten. „Fest kochend", „Stromsparend kochend", „Überwiegend überhaupt nicht kochend", „Mitunter mehlig kochend". Ich entschließe mich für die energiesparenden Knollen.

Wurst ist wieder einfach. Ich deute auf die erwählten Delikatessen und sage, davon vier Scheiben, hiervon zwei Scheiben, von jener eine Scheibe. Zuvorkommend knallt mir die Verkäuferin das Päckchen auf den Tresen. Kein Problem. Doch nun folgt die nächste Klippe. Harzer Käse! Leider nur in Selbstbedienung zu erwerben. Ich orte *Vaters Sorte, Mutters Sorte, Pappiger Unterroller, Pelziger Obertroller, Prostatas Liebling, Handgemolkener Edelwalker* ... Hilflos erbitte ich Aufklärung bei einer vorübereilenden Dame mit schmuckem *Kaiser's*-Schildchen am Revers. „Da kann ick Sie nich helfen. Ick mach hier nur Fisch", lautet die freundliche Antwort. – Entnervt gebe ich auf und werfe je einen der Stinker in den Wagen. Soll Julia zu Hause in Ruhe den Käse begutachten. Vielleicht drückt sie sich dann das nächste Mal etwas präziser aus. Ich hab jedenfalls für heute die Schnauze voll vom Einkaufen.

Entsetzt fällt mein Blick auf die zehn leeren Flaschen in meinem Wagen. Verdammt, die hätte ich ja beinahe vergessen. Ich spurte zur Leergutrücknahme.

Mißtrauisch mustert die Rücknehmerin meine, wie ich finde, vorschriftsmäßig aufgebaute Kollektion. Mit spitzem Finger deutet sie auf zwei Bierflaschen. „Die haben Sie aber nicht bei uns gekauft", stößt sie triumphierend hervor. Beschämt nehme ich sie wieder an mich. Sekunden später hat sie die vier leeren Milchbehältnisse als Fremdgut enttarnt. Nun fällt ihr geschultes Auge auf die drei Saftflaschen. „Und wo sind die dazugehörigen Deckelchen?" Ich gestehe, die Deckelchen daheim in den Mülleimer geworfen zu haben. „Na, dann werfen Sie die Flaschen mal gleich hinterher. Wir nehmen nur mit Deckel." Zitternd vor Aufregung, blicke ich auf die verbliebene, einstmals Mineralwasser beinhaltende Buddel. Sie endlich findet Gnade vor den strengen Augen der Begutachterin. Mit einem Zettelchen, auf dem die stolze Summe von 0,30 DM notiert ist, eile ich glücklich von dannen.

Erschöpft, schon ein wenig am Eindösen, schiebe ich den Einkaufswagen Millimeter um Millimeter vor mir her. Noch ist keine Kasse in Sicht. Nach zwanzig Minuten erblicke ich links neben mir im Regal das Hunde- und Katzenfutter. Jetzt kann es nicht mehr lange dauern. Zuversichtlich richte ich mich auf. Drei von den acht vorhandenen Kassen sind erleuchtet. Das weist darauf hin, daß an diesen gar fleißig gearbeitet und abkassiert wird. Trotzdem geht es nicht vorwärts. Ich versuche, die dreißig Hundekuchensorten auswendig zu lernen. Man kann nie wissen. Vielleicht ergibt sich mal die Gelegenheit …

Seit zehn Minuten bin ich keinen Zentimeter vorangekommen. Ich beschäftige mich mit dem Katzenfutter. Letzte Woche bei Gottschalk hat eine Frau vierzig verschiedene Büstenhalter am Geruch herausgefunden. Na gut, die waren nicht in Dosen, aber immerhin. Und schließlich ist sie sogar Wettkönigin geworden.

Allmählich packt mich die Wut. Was denken die sich eigentlich in dieser elenden Kaufhalle. Was wäre, wenn ich nun ohnmächtig würde? Dann trüge man mich möglicherweise nach vorn. Was heißt möglicherweise? Ganz sicher!

Ich beginne den Atem anzuhalten. Bei meinem intensiven Bemühen, das Bewußtsein zu verlieren, schließe ich vorsichtshalber die Augen. Als ich sie nach einigen Minuten wieder aufreiße und nach Luft schnappe, gerät unvermutet ein großes Schild über der Kasse in mein Blickfeld:

Sehr geehrte Kunden,
wir sind stets bemüht, die Wartezeiten
an den Kassen zu verkürzen.
Sollte es dennoch einmal zu Verzögerungen kommen,
wenden Sie sich bitte an die Filialleitung.

Das hätte ich eher wissen sollen. Eine geschlagene Dreiviertelstunde stehe ich nun schon in dieser Schlange. Wenn das keine Verzögerungen sind! Vorsichtshalber starte ich aber noch eine Umfrage unter den Anwesenden. Einige knurren nur unwirsch, ich möge sie mit derartigem Quatsch in Ruhe lassen, ein Mann meint, er wolle sich da raushalten, sein Sohn diene beim Bundesgrenzschutz, eine Frau sagt, sie unterschreibe überhaupt nichts mehr, und eine andere fragt interessiert, was es zu gewinnen gebe.

Schließlich gelingt es mir, elf Leute zu der Aussage zu bewegen, daß man diese Wartezeit durchaus als Verzögerungen betrachten könne. – Ich halte diese Umfrage dann doch für repräsentativ, bitte die Umstehenden, im Falle eines Falles meinen Einkaufswagen weiterzuschieben, und mache mich auf den Weg, die Filialleitung zu suchen. Ein gutes Gefühl macht sich in mir breit, aber auch ein wenig Scham. Hatte ich wirklich vorgehabt, unter Vorspiegelung falscher Tatsachen einen Vorsprung zu gewinnen? Mit unlauteren Mitteln wollte ich mir Vorteile erschleichen. Dabei war alles ganz einfach. Vertrauensvoll poche ich an die Tür mit der Aufschrift *Filialleitung.*

Eine durchgestylte Blondine, in der einen Hand die Kaffeetasse, in der anderen ein Stück Erdbeertorte, starrt mich fragend an.

„Guten Abend", sage ich höflich, „ich möchte einige Verzögerungen melden."

„Wat wollnse?"

„Ich möchte Verzögerungen melden", wiederhole ich etwas lauter.

„Sie brauchen hier nicht rumzubrüllen", sagt die Blondine. „Emma, komm doch mal."

In der Tür erscheint eine resolute Endfünfzigerin, ebenfalls mit Kaffeetasse und Erdbeerkuchen. „Wollnse Ärger machen oder wat?"

„Nichts liegt mir ferner", sage ich, „aber auf dem Schild über der Kasse steht, daß man Verzögerungen bei der Filialleitung melden soll. Sie sind doch die Filialleitung, oder?"

„Steht doch deutlich an die Türe. – Wat'n fürn Schild?"

Ich zeige in Richtung Kasse.

„Ick hab det nich uffjebammelt", schüttelt Emma den Kopf, „du vielleicht?" Die Blondine verneint ebenfalls.

„Na gut", sage ich, „Sie wollen also nichts unternehmen. Dürfte ich mal um das Kundenbuch bitten?"

„Sie sind ja vielleicht ein rudimentäres Delikt aus die jraue Vorwendezeit. Wollnse uns mit Jewalt ein Jespräch uffzwing oder wat? – Wo hamse eigentlich Ihren Wagen? Ohne Wagen rumzurenn, det is verboten. Und nun haltense uns nich länger vonne Arbeit ab."

Einem Tobsuchtsanfall nahe, verlasse ich die beiden Damen.

Nach einigem Suchen entdecke ich meinen Einkaufswagen in der hintersten Ecke der Halle.

Als ich am späten Abend heimkehre, empfängt mich Julia ziemlich reserviert. „Einmal möchte ich erleben, daß du vom Einkaufen sofort nach Hause kommst. Wie viele Biere in der *Blauen Grotte* waren es denn wieder?"

Aus technischen Gründen geöffnet

Eike Stedefeldt

Als bundesdeutscher Neuzugang mag einen manches ernüchtern. Ist Ihnen schon mal aufgefallen, wie trist und freudlos dieses besseres Deutschland in Wahrheit ist? Oder wann haben Sie in diesem, unserem Lande zuletzt einen politischen Witz gehört, der sich auch nur entfernt mit denen aus dem Arbeiter- und Bauernstaat messen könnte?

Die DDR, dafür gebühren ihr posthum Ruhm und Ehre, bescherte uns manch trefflichen Witz. Etwa den: Geht ein Bürger zur Volkspolizei und stellt einen Ausreiseantrag. Die Beamtin gibt ihm das Formular zurück mit der Bemerkung, „Kann ich nicht annehmen. Das Zielland stimmt nicht." Der Bürger betrachtet noch einmal das Formular und meint dann, seines Erachtens sei alles richtig ausgefüllt. Worauf die Polizistin erwidert, im Feld „Zielland" stünde „DDR", was ja wohl kaum stimmen könne. „Doch", antwortet der Bürger, „ich will in die DDR, die immer im *Neuen Deutschland* steht!" In die vom *Neuen Deutschland* sozusagen trockengelegte DDR indes hätte ich als Ausreisewilliger – mit Verlaub – auch nicht unbedingt gewollt.

Apropos realsozialistisches Schriftgut: Erinnern Sie sich noch an jene zumeist handgemalten und möglichst versteckt in hofseitigen Restaurantfenstern angebrachten Pappschilder, die lakonisch verkündeten, das Etablissement sei „aus technischen Gründen geschlossen"? Oftmals hing darunter noch ein Zettel mit dem Stempel der „Abteilung Handel und Versorgung beim Rat des Stadtbezirks", welcher die nach warmen Mahlzeiten oder sonstwelchem Amüsement lechzenden Gäste allerdings auch nicht mit den konkreten technischen Gründen für die Schließung bekanntzumachen pflegte.

Ungewiß ist im Gegensatz dazu, ob jemals eine „Abteilung Handel und Versorgung beim Rat des Stadtbezirks" ein Schild mit der Aufschrift „Aus technischen Gründen geöffnet" abgesegnet hat. Darauf, daß diese Möglichkeit zumindest theoretisch bestand, weist ein weiterer Witz unzweideutig ostdeutscher Herkunft hin: Kommt ein Mann in einen Eisenwarenladen. „Eine Einbausicherung, bitte." Der Verkäufer antwortet: „Haben wir nicht." Darauf der Kunde: „Dann hätte ich gern ein Sicherheitsschloß." Der Verkäufer schüttelt mit dem Kopf. „Dann geben Sie mir in Gottes Namen ein Vorhängeschloß." – „Haben wir auch nicht." Fragt der Kunde böse: „Was haben Sie denn überhaupt?" Antwort: „Durchgehend geöffnet. – Unser Schloß ist auch kaputt."

Doch der typische DDR-Bürger war alles andere als humorlos. Sogenannte Versorgungsengpässe (was für eine Wortschöpfung!), wie sie in der „Ehemaligen" bekanntlich nicht selten waren, wurden oft allein durch ihnen gewidmete herzhafte Anekdoten erträglich. Und unflexibel, wie kenntnisreiche Westexperten heute so gern behaupten, war die sozialistische Menschengemeinschaft schon gar nicht. Mangelsituationen, das war einem frühzeitig beigebracht worden, gehörten zu den überwindbaren Widersprüchen im Sozialismus. Folglich taten wir bereits als aufrechte Thälmann-Pioniere unser Bestes, um den edlen Traum von der „planmäßig-proportionalen Entwicklung der Volkswirtschaft" in Erfüllung gehen zu lassen und gesellschaftliche Bedürfnisse in halbwegs geordnete Bahnen zu lenken.

Eines Tages zum Beispiel gewahrten meine Freunde und ich in der kleinen *HO*-Kaufhalle unseres Wohngebietes auf einer Palette mit der in Schülerkreisen äußerst beliebten Nuß-Nougat-Creme *Nudossi* eine Papptafel. „Im Interesse der anderen Kunden bitte nur einen Becher nehmen!" lautete der hochmoralische Appell der Verkaufsstellenleitung. Wir hielten es indes für nicht weniger moralisch, die in wachsamen Pionieraugen erhebliche Disproportion zwischen dem Kaufhallenbestand an mittelscharfem *Bautz'ner Senf* und dem ganz offenbar stagnierenden Bevölkerungsbedarf an dieser Marke abzubauen. – Unauffällig ließen wir die Tafel vom Stapel „Der leckere Brotaufstrich" ins gegenüberliegende Regal wandern. Nicht genug damit, daß wir selbst den Kassenbereich unbeschadet mit jeweils drei Bechern *Nudossi* passierten; alsbald konnten wir mit Stolz zur Kenntnis nehmen, wie beherzt die nachfolgenden Kunden drei und mehr Mostrichpötte in ihre Körbe hievten. Einer führte bei Ankunft an der Kasse gar einen ganzen Karton jener 37-Pfennig-Delikatesse mit sich, was beim Personal allerdings keinerlei Argwohn aufkommen ließ. Schließlich funktionierte ein nicht geringer Teil der DDR-Wirtschaft – und das lernte man nicht erst als Werktätiger in einem Magdeburger Schwermaschinenbau-Kombinat gleichen Namens – nach der allseits bewährten SKET-Methode: „Sehen – Kaufen – Einlagern – Tauschen!"

Daß nicht allein die Deutsche Demokratische Republik, sondern auch der Goldene Westen mit Versorgungsproblemen zu kämpfen hatte – und zwar in Dimensionen ganz anderen Ausmaßes –, merkten wir Ossis leider ein wenig zu spät. Einen blassen Schimmer davon bekamen viele erst auf den überfüllten Gängen von Wohnungs-, Arbeits- oder Sozialamt. Aber Hand aufs Herz: Welcher DDR-Bürger, der auch nur einmal in seinem Leben in ein Raritätenkabinett namens *Intershop* vorgedrungen war, konnte ernstlich an westdeutsche Mangelwirtschaft in irgendeinem Bereich glauben? Man wäre zweifellos für ebenso bescheuert erklärt worden wie jener legendäre Witzbold, der in besagtem *Intershop* über den Ladentisch hopst und um politisches Asyl bittet.

Beim Wort „Witzbold" fällt mir ein, daß sich ja bis heute hartnäckig das Gerücht hält, politische Witze seien seinerzeit in einer eigens dafür zuständigen Abteilung beim ZK der SED erfunden und mit hinterhältigen propagandistischen Absichten in die Öffentlichkeit lanciert worden. Ich kann mir darüber freilich kein Urteil erlauben, aber denkbar ist das allemal. So entsinne ich mich, daß zu Anfang der achtziger Jahre, just als die Zahl der ausreisenden Fachkräfte dramatisch anstieg, folgende tragische Kurzgeschichte in meinem antragsgeschüttelten Betrieb die Runde machte: Ein Mann hatte einen Ausreiseantrag gestellt. Begründung: die schlechte Versorgungslage in der DDR. Nach zehn Jahren wird ihm endlich die Ausreise genehmigt. Überglücklich in Hannover angekommen, begibt er sich als erstes in einen Tabakwarenladen. „Eine Schachtel *f6*, bitte!" Als die Verkäuferin sagt „Haben wir nicht", bricht der Mann tot zusammen.

An die Wand
mit dem Produkt

Anne Köpfer

Man begebe sich, ausgestattet mit dem nötigen Kleingeld, ins nächstbeste Auktionshaus, ersteigere einen Schuhkarton mit vielversprechendem Inhalt, sichte und sortiere diesen, schreibe ein kluges Vorwort, und fertige ein Büchlein mit dem zu DDR-Zeiten nicht unbekannten Slogan „Meine Hand für mein Produkt".

Zugegeben, auch ich habe mich hinreißen lassen, dieses zunächst recht interessant scheinende Werk käuflich zu erwerben. Vielleicht hätte mich seine Lektüre sogar etwas amüsiert, wenn mir die Herausgeberin Sieglinde Peters durch ihre Gebrauchsanweisung den Spaß nicht immer wieder verdorben hätte. Zwar schreibt sie am Schluß ihres Vorwortes, daß es jedem Leser freilich selbst überlassen bleibe, welche Botschaft er den nachfolgenden Texten entnehme, aber da hatte ich die ersten Lektionen leider schon hinter mir.

Zum Produkt selbst: Die Herausgeberin hat aus Hunderten Antwortschreiben von DDR-Firmen an den Berufsnörgler

Rainer B. etwa dreihundert ausgewählt. Laut Gesetz waren die Betriebe verpflichtet, auf Eingaben entsprechend zu reagieren. Nun bescheinigt Peters diesem Verfahren zwar einen gewissen Hang zur Demokratie, aber gottlob fällt ihr gerade noch rechtzeitig ein, daß diese „auf anderen Feldern so jämmerlich gebeugt wurde". Damit der nicht ganz so versierte DDR-Kenner wieder ins richtige Fahrwasser gelangt, der mahnende Hinweis auf den „realsatirischen Alltag in der zweiten deutschen Republik" – hier sei die Anmerkung gestattet, daß es sich bei der DDR bereits um die dritte deutsche Republik handelte –, „der uns oft aus dem Raum zwischen den Zeilen angrient, wenn man denn diesen zu lesen versteht".

Falls der Leser immer noch nicht, von Minderwertigkeitskomplexen geplagt, das Büchlein zur Seite legt und sich seinen intellektuellen Befindlichkeiten eher entsprechendem Lesestoff zuwendet, wird ihm folgende Unterweisung in puncto DDR-Alltag zuteil: „Die Furcht, beim ‚Vorgesetzten' kritisiert zu werden, war übermächtig und setzte gesunden Menschenverstand, Logik und gesetzliche Vorschriften außer Kraft. [...] Es gab keinen in der DDR, der nicht noch einen ‚vor der Nase' zu sitzen hatte. Und alle fürchteten sich, diesen ‚zu enttäuschen' [...]. Jede und jeder, der irgendwie handelte, legte sich stets die Frage vor, wie der Vorgesetzte in dieser Situation entscheiden würde." Spätestens hier stelle ich fest, daß ich über vierzig Jahre lang einer unter sechzehn Millionen Idioten gewesen sein muß. Und habe nichts bemerkt. Logisch, wenn alle bescheuert sind, fällt es überhaupt nicht auf.

Und für den, der's immer noch nicht geschnallt hat: „Angst und Unmündigkeit hielten den Laden irgendwie zusammen, so funktionierte er." Jetzt enttäuscht mich Frau Peters. Dieses vage „irgendwie" aus so berufenem Munde. Keine Erklärung, keine Deutung? Der nächste Satz beruhigt mich wieder: „Die vorliegenden Zeugnisse sind also auch politischpsychologisch interpretierbar." Dankbar für den wertvollen

Tip lese ich weiter. Die sich unmittelbar anschließende Passage bringt mich erneut ins Schleudern. „Diese Absicht verfolgt die Veröffentlichung allerdings nicht. Ich möchte das Augenmerk mehr auf den satirischen Gehalt der Post lenken. Briefe von B. kommen darin nur punktuell vor, da sie zum einen nach stets wiederkehrendem Muster verfaßt wurden, zum anderen habe ich nicht die Absicht, ihn als Prototypen des kleinkarierten Wichtigtuers, Schnorrers und Anschwärzers auszustellen. Daß er möglicherweise alle diese Züge aufweist und damit vielen seiner Landsleute nicht unähnlich ist, kann vermutet werden." Wozu darf ich mich nun zählen? Vier Jahrzehnte angstschlotternder Idiot oder kleinkarierter Anscheißer? Oder beides?

Gewiß hat auch mich die fragwürdige Karriere von der Arbeiterin zur staatlichen Leiterin in einem sozialistischen Produktionsbetrieb massiv geschädigt. Anders ist wohl kaum begreiflich, daß ich im Gegensatz zur ehemaligen Stadtbilderklärerin Peters niemals auf ganzen viereinhalb Seiten souverän die Struktur der DDR-Wirtschaft sowie die Ursachen ihres Scheiterns erläutern könnte und auch die Antwortschreiben aus den VEB nicht durchweg als tumbe Elaborate psychisch verbogener Arschkriecher zu lesen vermag: „Ihr Schreiben vom … haben wir dankend erhalten, worin Sie uns Ihre äußerst interessanten Beobachtungen mit der kombinierten Sitzliege (KSL) *Mollisit* mitteilen. Leider sind Ihre Ausführungen bezüglich der genannten ‚Verschiebungen', die bereits nach kurzem Gebrauch und ‚ohne extremen Bedingungen ausgesetzt zu sein' auftraten, etwas zu kurz, so daß wir uns kein Bild von dem von Ihnen beobachteten Phänomen machen können. […] Trotzdem wären wir über einen ausführlichen Bericht über die Art der Benutzung und Ihre Beobachtungen dabei sehr dankbar. Eventuell könnten diese wertvollen Beobachtungen bei einer planmäßigen Überarbeitung des Erzeugnisses Berücksichtigung finden …" Sollte

Frau Peters diese offensichtliche Ironie entgangen sein? Von der zitternden Angst sozialistischer Leiter zeugt auch dies: „Es ist uns unverständlich, daß Sie [...] das reklamierte Objekt vernichten. Aus den von Ihnen gemachten Angaben können wir der Ursache der Reklamation nicht auf den Grund gehen, so daß sich jeder weitere Schriftverkehr erübrigt." Vermutlich hat Rainer B. nach folgendem Ansinnen auf weitere Regressansprüche verzichtet: „Es ist mir etwas unverständlich, daß Sie so unkonkret einen Mangel anzeigen. [...] Vielleicht können Sie mir eine Skizze des Erzeugnisses zuschicken und mitteilen, an welcher Stelle die Schale auseinanderfiel ..." – „Ich möchte Ihre Glaubwürdigkeit nicht in Frage stellen und bitte Sie, mir mitzuteilen, ob ich den Betrag von M 1,50 rücküberweisen oder Ersatz liefern soll." Ob Rainer B. bezüglich jenes defekten Flaschenöffners nach dieser Antwort noch einen dritten Brief an *Metallwaren Klaus Weyh* in Schweina sandte, wird leider nicht mitgeteilt.

Doch mehr als der Gedanke an eine Reklamation des Buches ob „mangelnder Gebrauchseigenschaften" beschäftigt mich die Frage: Wie konnte in diesem Land schizophrener Duckmäuser und Denunzianten eine edle Blume namens Sieglinde Peters gedeihen? Das wird man wohl erst erfahren, wenn sie mal wieder einen Schuhkarton mit Briefen auf „schlechtem Papier und miserabler Ortographie" (sic!) findet und diese den staunenden Mitmenschen offeriert. – Auf das Vorwort darf man wiederum gespannt sein.

Der kleine Bahnfreund

Eike Stedefeldt

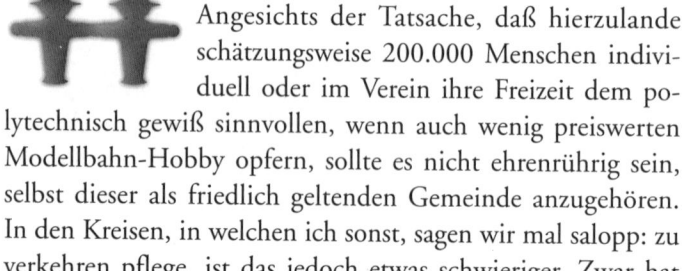

Angesichts der Tatsache, daß hierzulande schätzungsweise 200.000 Menschen individuell oder im Verein ihre Freizeit dem polytechnisch gewiß sinnvollen, wenn auch wenig preiswerten Modellbahn-Hobby opfern, sollte es nicht ehrenrührig sein, selbst dieser als friedlich geltenden Gemeinde anzugehören. In den Kreisen, in welchen ich sonst, sagen wir mal salopp: zu verkehren pflege, ist das jedoch etwas schwieriger. Zwar hat der Antagonismus „Tunten und Technik" seine Absolutheit längst eingebüßt, indes berührte es mich doch höchst unangenehm, als unlängst eine neue Bekanntschaft beim Anblick von hundert Flugzeugmodellen und einer Vitrine voller Loks und Waggons über meinem Bett spitz aufkreischte. – Ein anständiger Schwuler hat halt andere Interessen.

Neugier und Trotz treiben mich dennoch unter den Funkturm ins *Hobbyland Berlin*. Aufgebracht über zwölf Mark Eintritt, zücke ich in bewußt mißbräuchlicher Absicht den amtlichen Presseausweis, worauf man mich in die Halle 11.1

zum Akkreditierungsbüro führt. Die Halle selbst ist vor allem dem Schiffsmodellsport vorbehalten. Schrilles Getöse in Wasserbecken kreuzender Rennbote aktiviert meine Fluchtreflexe in Richtung Halle 12. Auch hier kaum Produzenten, nur einige wenige Händler bieten Modellbahnartikel feil. Das kann nicht alles sein, denke ich und gerate suchend in die Halle 14. Hier verkauft man vorbildgetreue Autos und Flugzeuge. Daß der Markt für letztere zu fünfundneunzig Prozent aus Militärischem besteht, läßt mich relativ kalt. Unterdessen geht der Trend offenbar hin zu Hakenkreuzen am Heck.

Weitere Stände offerieren die bodenhaftenden Insignien des Jahrhunderts. Darf's ein *Tiger* mit Balkenkreuz sein oder ein englische Feldhaubitze? Der Torso eines *T 34* im Maßstab 1:43 oder lieber ein preiswerter Wehrmachtskübel in 1:87? Wie wär's mit dem abgeschossenen Turm eines *Sherman*-Panzers unterm Gabentisch? Ach so, ein *Leo Zwo* der Bundeswehr wird gewünscht. – Alles da.

Freilich braucht derartiges Gerät Ziele. Schwer beeindruckt mich der Bausatz *House under Demolition*. Unter der Gründerzeit-Ruine schwelt ein ansehnlicher Schutthaufen. Dem individuellen Geschmack des Beschenkten leichter anzupassen sind indes die ausgebrannten Gehöfte. Da hat der herzensgute Opa dann die Wahl, ob er sie im Kursker Bogen, auf den Seelower Höhen oder aber in den Ardennen ansiedelt oder – das Langzeitgedächtnis soll ja bei Senioren sehr ausgeprägt sein – gar SS um die Feldscheune postiert. Dem jeweiligen Sujet angepaßtes Menschenmaterial ist reichlich im Angebot, ob Tote, Verwundete oder noch Lebende, ob aus Plastik für Arme oder edlem Metallguß für den begüterten Sammler.

Da, mitten im Kriegsgetümmel, auf einmal ein liebevoll gestaltetes Diorama. Im Setzkasten auf fünfundzwanzig mal vierzig Zentimeter Fläche eine Szene von 1916. Stellungskrieg vor Verdun. Schrott und Leichen lagern stilecht vor Schützengraben und Befehlsunterstand. Daß die damals noch neuen Gasflaschen und -masken fehlen, mag Berechnung sein; das schmucke Messingschild weist das Idyll als sensibles Präsent für Pazifisten aus: *Im Westen nichts Neues.*

Nur schnell zurück in den zivilisierten Bereich der Eisenbahn! Der Lazarettzug einer tschechischen Firma im Maßstab 1:120 wirkt mit seinen auffälligen roten Kreuzen geradezu friedlich. Ein Katalog kündigt das Modell der einzigen und echten, weil von überflüssigem Schnörkel und Ballast befreiten Kriegslok an. Den Ansprüchen der Wehrmacht, so die aufschlußreiche Mitteilung, sei diese Lok vor allem durch „eine erweiterte Frostschutzeinrichtung" gerecht geworden. Den gehoben Ansprüchen weniger der Wehrmacht als des seriösen Modellbahners werden Firmen gerecht, die das Modell in noblem Wehrmachtsgrau bieten können. Verschlagwagen zur Bildung eines Zuges gen Osten sind kein Problem; allein das historische Umfeld ihres Einsatzes ist bis dato nicht als solches erhältlich. Einstweilen werden sich gewiefte Bastler mit Hochständen aus dem Set *Am Waldrand* und dem Bausatz *Viehverladerampe* zu behelfen wissen; Stacheldrahtzäune fertigt der Profi übrigens aus Gardinenresten und Kugelschreiberminen.

Geplagt von trüben Gedanken erwäge ich den geordneten Rückzug an die Heimatfront. Da, zu meiner Freude, endlich doch noch etwas gänzlich Unverdächtiges. Der *Modellbahn-Zubehör-Versand Thorsten Lippek* aus Lübeck offeriert herrliche Bäume aus Naturmaterial. Bevor der Beschluß reift, meine gesamte Barschaft zu investieren, erfaßt mein Blick Dutzende diskret am Fuß des Regals aufgereihte Videokassetten mit Titeln wie *Der deutsche Landser, Der Abwehrkampf an der Ostfront* oder *Führergeburtstage.* Mir entgleiten Gesichtszüge wie Naturbäume, und zügig fliehe ich die freundliche Sieg-heil!-Modellbahnwelt.

Vielleicht, so grüble ich, als ich auf dem Heimweg in der S-Bahn das Dezemberheft des *Modelleisenbahner* durchsehe, haben anständige Schwule ja wirklich andere Interessen. Plötzlich ein Inserat: „*Gay und Eisenbahnfreund? Beim Freundeskreis Eisenbahn Südwestdeutschland e.V. paßt das zusammen!*"

Glossar

Liebe Brüder und Schwestern jenseits der Zonengrenze,

das nun Folgende ist, wie so vieles in diesem Lande, nicht aus freien Stücken, sondern unter politisch-moralischer Knute zustandegekommen. Wider den Geist der Einheit sei es, so wurden wir agitiert, die Leserinnen und Leser in den alten Bundesländern über Namen und Begriffe im dunkeln zu lassen, die in den Landstrichen gemäß Artikel 1 des Einigungsvertrages gang und gäbe gewesen seien. Dieser Ansicht waren wir ganz und gar nicht. Da aber unser Verlag drohte, im Weigerungsfalle unser Manuskript als Serie an die *Super-Illu* zu veräußern, erklärten wir uns zu diesem Glossar bereit.

Anne Köpfer, Eike Stedefeldt

ABV

Abschnittsbevollmächtigter. Dieser lokale Volkspolizist hatte sich in einem genau eingegrenzten Territorium der Sorgen und Nöte der Bevölkerung anzunehmen, sich um Ordnung und Sauberkeit zu kümmern sowie Hilfe und Beistand zu gewähren, etwa bei kleineren Meinungsverschiedenheiten mit den Nachbarn. Oft liebevoll „Dorf-Sheriff" genannt, mutierte der ABV nach der „Wende" zum KOB. Lange mußten die Eingeborenen nach einer Erklärung für dieses phonetisch offenbar amerikanischen Krimis entliehene Kürzel suchen. Die Lösung des Rätsels heißt „Kontaktbereichsbeamter". Doch im Grunde steckt in der KOB-Uniform auch nur ein ABV.

Adlershof

Eigentlich ein Stadtteil von Berlin-Treptow, vor allem aber Synonym für den *Deutschen Fernsehfunk DFF* und später des *Fernsehens der DDR*. Von dort kamen Sendungen wie *Aktuelle Kamera, Sandmännchen, Zwischen Frühstück und Gänsebraten, Polizeiruf 110, Visite, Ein Kessel Buntes, Schlagerstudio* oder *Elf 99*. Nach der „Wende" hieß der Sender wieder *DFF*, was ihm gar nichts nutzte: Er wurde durch einen Bayer namens Rudolf Mühlfenzl filetiert. Mit dem

Mühlfenzeln gelang es, die einstige Sendeanstalt des *Schwarzen Kanals* (→ *Löwenthal*) selbst kurzfristig in einen Rabenschwarzen Kanal zu verwandeln („Hier sind der Bayerische Rundfunk und seine angeschlossenen Anstalten.").

AKA electric

„A, K, A, electric – in jedem Haus zu Hause" sang man in einem Spot der „Tausend Tele-Tips" (→ *Adlershof*), bevor in den siebziger Jahren die TV-Werbung abgeschafft wurde. Keine Menschenseele weiß, was *AKA* genau bedeutet; das ® hinter dem Namen bezeugt zumindest, daß es sich um ein eingetragenes Warenzeichen der → *volkseigenen* Konsumgüterindustrie handelte. Als solches zierte es zahlreiche Haushaltgegenstände, etwa die *Heißluftdusche LD 60*, den *Handstaubsauger HSS 18/1*, die *Wohnraumleuchte Typ 2084/ 278*, das *Universal-Rührgerät RG 28* sowie diverse Waffeleisen, Tauchsieder, Heizkissen, Schwallbrüher, Eierkocher, Fuß- und sonstige Babykostwärmer. Viele dieser Geräte waren von außerordentlicher Qualität, was ihnen das *Gütezeichen Q* eintrug und dem Kunden „eine Zusatzgarantie von 12 Monaten ab Verkaufstag". Dank *AKA electric* vollendete sich auch manch westliches Hausfrauenglück: Dort mußte man zum Erwerb der Geräte aber „erstmal sehen, was Quelle hat".

Aktivist, hier: der sozialistischen Arbeit

Auszeichnung für Werktätige oder Anwesende eines sozialistischen Betriebes. Erstere wurden zumeist von den Arbeitskollegen vorgeschlagen – unter sorgfältiger Beachtung einer bestimmten Reihenfolge („Wer war zuletzt dran?") –, die Anwesenden von der Werk- bzw. Kombinatsleitung bestimmt. Die Werktätigen wurden in der Regel 100-, 200- oder 250-Mark-Aktivisten, die Anwesenden In-nicht-bekannter-Höhe-Aktivisten.

Ausreiseantrag

Notwendige Formalität zur Erlangung der Erlaubnis, die DDR endgültig in Richtung Westen verlassen zu dürfen. Normale Antragsteller wurden üblicherweise sofort ihres alten Arbeitsplatzes enthoben und für die Zeit bis zur Genehmigung (fünf bis zehn Jahre) auf Stellen versetzt, wo sie permanent der Bewunderung ihrer Kollegen ausgesetzt waren. Prominente Antragsteller, insbesondere verdiente Künstler des Volkes, wurden vom Regime meist gezwungen, all ihre Antiquitäten sowie sämtliche *Volvos, Citroens, Renaults, VW* und sonstige Angehörige in den Westen mitzunehmen.

Barkas, B 1000

Sprich: Be Tausend. *Barkas* war Marken- und Kosename für diesen vor allem bei privaten Handwerkern und sonstigen → *volkseigenen* Betrieben äußerst beliebten Schnelltransporter. Mit seiner gewölbten Frontscheibe, der leichten Tropfenform und dem einer Fernseh-Bildröhre ähnlichen Kühlergrill ist der *Barkas* unbestritten der bisher formschönste deutsche Lieferwagen. Die westdeutsche Kopie, der *VW-Bus*, mißlang indes in einem zentralen Punkt. Dort verstopfte man mit dem Motor ausgerechnet den Laderaum, was für einige Belustigung in den Konstruktionsbüros der Karl-Marx-Städter *Barkas*-Werke sorgte. Der Plural von *Barkas* lautet übrigens nicht „Barkassen", sondern *Barkasse*.

Bautzen, Bautz'ner Senf

Ostsächsische Kleinstadt, Hauptstadt der Lausitz. Weltgeltung erlangte Bautzen vor allem durch drei Dinge: Erstens *Bautz'ner Senf*, der bis heute das einzige Lebensmittel auf dem deutschen Markt ist, das diesen Namen zu recht führt, zweitens *Bautz'ner Spekulatius*, deren Rezeptur den Firmen *de Beukelaer* und *Bahlsen* hiermit als lohnendes Objekt einer kleinen Industriespionage anempfohlen sei, und drittens ein Gebäude, das ob seiner Farbe und Verwendung als Gefängnis den Namen „Gelbes Elend" davontrug.

Berliner Rundfunk

Neben *Radio DDR I* und *II* sowie *Stimme der DDR* vierter Rundfunksender des Arbeiter- und Bauernstaates. Insbesondere in der „Frontstadt" von Bedeutung – und zwar im Ätherkampf gegen eine örtliche „Freie Stimme der freien Welt", genannt *RIAS*. Letzterer betrieb die bessere Propaganda, das gehaltvollere Programm kam indes aus dem Osten. Heute sind beide in Privathand, und folglich strahlen sie weitgehend denselben Müll aus.

Billiarde, hier: eine

Um dieselbe zu erhalten, nehmen Sie tausend Stück von irgendwas, zum Beispiel Kondome, mal tausend, mal tausend, mal tausend, mal tausend. Sie können natürlich auch eine Million Kondome zunächst mit einer Million multiplizieren und dann nochmals mit tausend. Die Gebildeteren unter Ihnen können ein Kondom multiplikatorisch selbstredend auch mit 10^{15} verknüpfen.

Auf jeden Fall erhalten Sie auf diese Weise tausend Billonen oder eben eine Billiarde Kondome. Apropos: Was wollen Sie eigentlich mit einer Billiarde Kondome?

Brigadetagebuch

Unverzichtbare Waffe für einen erfolgreichen Titelkampf (→ *Kollektiv der sozialistischen Arbeit*). „Literarisch-dokumentarische Darstellung der Entwicklung eines Arbeitskollektivs. Einzelne oder mehrere Autoren halten im B. Erfolge und Hemmnisse bei der täglichen Planerfüllung fest, bezeugen Veränderungen im Denken und Handeln der Brigademitglieder oder des Kollektivs und dokumentieren Höhepunkte im Leben der Brigade." (*Kulturpolitisches Wörterbuch, Dietz-Verlag 1978*).

Im Klartext: Kam zum Beispiel ein Kollege nicht pünktlich zur Frühschicht, so stellte das ein tagebuchwürdiges Hemmnis bei der täglichen Planerfüllung dar. Also wurden zwei weitere Kollegen abgestellt, um ersteren zu suchen und gegebenenfalls seinem Arbeitsplatz zuzuführen. Bestenfalls nach der Mittagspause standen alle drei der erfolgreichen Planerfüllung wieder zur Verfügung.

Oder: Geriet ein Brigademitglied unvermittelt an Karten für eine Kultur- oder Sportveranstaltung, womöglich gar eine Theatervorstellung, dann wurde es sofort dazu verurteilt, diesen Höhepunkt im Leben der Brigade im B. ausführlich zu dokumentieren.

Oder: Hatte der Hilfsschlosser X bei einer Prügelei mit dem Meister Y den kürzeren gezogen und sich folglich geschworen, derlei Unannehmlichkeiten künftig aus dem Wege zu gehen, so lag es nahe, diese Prügelei als schöpferische Diskussion mit anschließender positiver Veränderung im Denken und Handeln des Brigademitgliedes X zu bezeugen.

Bückware, sogenannte

Waren des täglichen oder gehobenen Bedarfs, die nicht ständig im Angebot, aber hochbegehrt waren. In den Regalen von → *HO* und → *Konsum* allenfalls zufällig auffindbar, vermutete die Bevölkerung sie – oft zu Recht – unter dem Ladentisch. War man dem Personal hinreichend sympathisch und zudem kein weiterer Kunde im Geschäft, so konnte es passieren, daß sich der oder die Angestellte unauffällig bückte, um die Rarität zum Verkauf zu bringen. Zur Einnahme der ungewohnten Körperhaltung konnen unter Umständen auch → *Forum-Schecks* beflügeln.

Datscha, auch Datsche

Im Russischen „Sommerfrische" oder „Landhaus", im DDR-Deutsch meist der private Bungalow in einer städtischen Kleingartenanlage. Nicht zu verwechseln mit dem klangähnlichen *Dacia*, einem Import-Pkw aus Rumänien, der sich als *Renault*-Lizenz allergrößter Nachfrage erfreute und als Statussymbol ähnliche Bedeutung erlangen konnte wie die Datscha.

Dederon, hier: Faltbeutel

Der Name für dieses Chemiefasergewebe wurde mit politischem Sachverstand kreiert. Aufmerksamen Lesern fällt bei der Schreibweise *DeDeRon* sicher etwas auf (wenn nicht, so können wir Ihnen auch nicht helfen). *Dederon* orientierte sich am Nylon-Patent, wurde jedoch aus verfügbaren Rohstoffen hergestellt: Braunkohlederivate und sowjetisches Erdöl. Daß letzteres rar war, bewahrte die DDR vor der umweltschädlichen Plastiktüte. Leicht und knitterfrei, fand statt dessen der Faltbeutel aus *Dederon* Platz in jeder Damenhandtasche. Männliche Werktätige indes, die sonst nichts bei sich führen mußten, transportierten darin morgens ihre Butterbrote. Ordentlich zusammengelegt, fand der Faltbeutel auf dem abendlichen Heimweg in der Innentasche der Kunstlederjacke Platz.

Delikat

Im Volksmund auch liebevoll „UWuBu" („Ulbrichts Wunderbude"), „Neu Deli" oder „Freß-Ex" (→ *Exquisit*) genannt. Auserwählte Lebensmittelgeschäfte, in denen zahlungskräftige DDR-Bürger überteuerte Westprodukte erwerben konnten.

Demokratischer Frauenbund
Deutschlands, DFD

Vorrangigste Aufgabe des DFD war es, alle Frauen mit sozialistischem Bewußtsein zu erfüllen. Diesen löblichen Vorsatz in die Tat umzusetzen, mühte man sich vor allem in Kaffeekränzchen, Handarbeitszirkeln und bei der Ausrichtung von Frauentagsfeiern.

Eintrittsgeld

Fälschlicherweise auch Zwangsumtausch genannt. Für lumpige fünfundzwanzig DM durfte man einen Tag lang DDR-Bewohner (circa siebzehn Millionen) nicht nur besichtigen, sondern auch anfassen, füttern und ärgern, was in anderen Naturparks bekannterweise streng verboten ist. Wenn man bedenkt, daß beispielsweise ein Besuch im Westberliner Zoo (lediglich 5.536 Arten) zwölf Mark kostete, eine wirklich preiswerte Exkursion.

1. Mai, hier: Losungen zum

Zunächst dies: Der 1. Mai degenerierte erst in der BRD zum „Tag der Arbeit"; im Arbeiter- und Bauernstaat blieb es dagegen beim

„Internationalen Kampf- und Feiertag aller Werktätigen". Pünktlich zum 1. Mai gab die Abteilung Agitation und Propaganda beim ZK der SED Losungen wie folgende heraus: „Wie wir heute arbeiten, so werden wir morgen leben", „Mein Arbeitsplatz – Kampfplatz für den Frieden!" oder „Für die ständige Steigerung der Arbeitsproduktivität!". Heute sind die meisten überholt, weil sie vom Vorhandensein eines Arbeitsplatzes ausgehen. Die bekannteste war „Heraus zum 1. Mai!"; sie prangte vorzugsweise an den Mauern von Friedhöfen, Strafvollzugs- oder sonstwie geschlossenen Anstalten.

Exquisit

Auserwählte Geschäfte, analog zu → *Delikat*-Läden, in denen zahlungskräftige DDR-Bürger Bekleidung, Schuhe, Accessoires und Kosmetika für gehobene Ansprüche erwerben konnten. Sehr beliebt, um besuchsweise angereisten Westverwandten zu imponieren (leider meist vergeblich).

f6

Sprich: Effsechs. Beliebteste Zigarettenmarke der DDR, die schubweise dem Einzelhandel zur Verfügung gestellt wurde. Das heißt, wenn es sie gab, dann überall, und wenn es sie nicht gab, dann nirgendwo. Je zwanzig Stück dieser in glanzloser gelb-grün-brauner Pappschachtel vertriebenen Glimmstengel kosteten 3,20 Mark der DDR.

Florena

Sammelbegriff für eine reichhaltige Palette kosmetischer Produkte. Vom Körperpuder bis zum Nagellackentferner (letzterer war → *Bückware*), von der Sonnenschutzmilch bis zur Luxusseife, vom Make-up bis zur getönten Tagescreme, vom Shampoo bis zum Badesalz, vom Gesichts- bis zum Haarwasser – *Florena* bot alles, was Haut und Haar besondere Anmut verlieh. Am populärsten war die gleichnamige Hautcreme, die man im Westen aufgrund der ähnlichen Blechdose für eine Kopie der *Nivea-Creme* hielt. In der Tat hieß auch die Ost-Creme zunächst *Nivea*, bis ein antisozialistisches Gericht den Namen der Hamburger *Beiersdorf-AG* zuerkannte. Leider wurde dem *VEB Chemisches Werk Miltitz/Betriebsteil Waldheim bei Leipzig* selbst die Nutzung des Namens *Niveau* untersagt. Das noch existente Produkt *Florena-Creme* ist bis heute von der überparfümierten *Nivea-Creme* unerreicht.

Forum-Scheck

Begehrtes Zahlungsmittel. Um den Einkauf im → *Intershop* etwas abwechslungsreicher zu gestalten, mußte das mühevoll ersparte, getauschte oder sonstwie an sich gebrachte Westgeld zuvor bei der Staatsbank der DDR in *Forum*-Schecks gewechselt werden. Nachdem man sich im Intershop mittels Vorzeigens des Personalausweises als DDR-Bürger legitimiert hatte, stand einem Einkauf der herrlichsten Dinge westlicher Provenience nichts mehr im Wege.

Die Frage „Forum geht's denn?" gehörte seitdem zum Standardvokabular privater Handwerker. Beispiel: Bürger: Meine seit sechs Wochen defekte Klospülung macht mir nun doch zunehmend Sorgen. Klempner: „Forum geht's denn?"

Frösi

Monatliche Zeitschrift der → *Pionierorganisation Ernst Thälmann* zur politischen Indoktrination und Disziplinierung unschuldiger Zonenkinder. Ihren Namen bezog die *Frösi* aus folgenden Zeilen eines bekannten Pionierliedes: *„Fröhlich sein und singen, stolz das blaue Halstuch tragen, ander'n Freude bringen, ja, das lieben wir!"* Da nun wirklich nicht einzusehen war, warum die Kinder nach der „Wende" noch fröhlich sein und singen, geschweige denn anderen Freude bringen sollten, wurde die Zeitschrift folgerichtig eingestellt.

Gang, hier: sozialistischer

Im Westen völlig unbekannt, spielte er in der DDR eine zentrale Rolle. Es handelte sich dabei keineswegs um den Flur eines realsozialistischen Plattenbaus, wie kluge *Spiegel*-Leser vorschnell vermuten könnten. Vielmehr gab die Floskel, etwas ginge von nun an seinen sozialistischen Gang, zumeist der Überzeugung Ausdruck, alle Hindernisse zur Lösung eines Problems, insbesondere bürokratische Hürden, gemeistert zu haben und dem gewünschten Ergebnis sorglos entgegensehen zu können. Hatte man etwa im Frühjahr 1989 vom VEB IFA-Vertrieb seine „Pkw-Bestellbestätigung" für einen *Trabant 601 de luxe Limousine* erhalten, so war gewiß, daß bis zur Auslieferung im Herbst 2003 alles seinen – planmäßigen – sozialistischen Gang gehen würde.

An dieser Stelle ein freundlicher Hinweis an die Bestelljahrgänge ab 1985: Mit einer pünktlichen Auslieferung ist umständehalber kaum mehr zu rechnen.

Glossar

Nicht unbedingt typisch für das Anschlußgebiet, aber trotzdem vielen Alt-Bundesbürgern kaum geläufig. Nicht zu verwechseln mit dem schönen Wort „Pessar". Der wesentliche Unterschied zwischen beiden besteht darin, daß das eine den Zugang zu bestimmten Dingen verschließen, das andere ihn hingegen eröffnen soll.

Goldene Hausnummer

Auszeichnung. Viele Hausgemeinschaften waren in der glücklichen Lage, einen Vorgarten und ein betagtes Rentnerehepaar zu besitzen. Mit guten Worten – selten unter Androhung von Gewalt – wurde dieses veranlaßt, den Vorgarten in Ordnung zu halten. Daraufhin wurde der Hausgemeinschaft die Goldene Hausnummer verliehen und in Form eines Blechschildes an die Eingangstür genagelt.

HO

Name und Abkürzung der 1948 gegründeten Staatlichen Handels-Organisation beziehungsweise der „Gesamtheit der wirtschaftsleitenden Organe, Betriebe und Verkaufseinrichtungen des volkseigenen Einzelhandels, Gaststätten- und Hotelwesens". Im Jahre 1989 kolportierte das *Universallexikon* des Leipziger Bibliographischen Institutes folgenden absurden Verdacht: Als „führender Teil des Einzelhandels in der DDR" verfüge die *HO* „über ein leistungsstarkes, differenziertes Handelsnetz mit allgemeinen und spezifischen Versorgungsaufgaben (Fachhandel, Kaufhallen, Magnet-Kaufhäuser, Centrum-Warenhäuser, Wismut-Handel, Interhotels)". Bereits 1956 hatte das *Lexikon A bis Z* aus demselben Hause gemutmaßt: „Die *HO* verwirklicht die führende Rolle als sozialistischer Handelsbetrieb gegenüber den anderen Einzelhandelsorganen durch bestmögliches Sortiment und gute Qualität, durch Einwirkung auf die Produktion, eine hohe Verkaufs- und Gaststättenkultur und trägt damit zur ständigen Hebung des Lebensstandards bei." (→ *Bückware*)

Intershop

Von den Eingeborenen einfach „Shop" genannt, fanden sich jene nach einer Mixtur aus *Persil*, *Jacobs* und *Milka* riechenden Geschäftsräume dort, wo sich Valutakunden bevorzugt aufzuhalten pflegten: auf Flughäfen, in historischen Stadtzentren oder Interhotels. Waren DDR-Bürger in den Besitz von → *Forum*-Schecks oder konvertierbarer Währung gelangt, aber weder historisches Stadtzentrum noch Interhotel, noch Flughafen verfügbar, so organisierten sie zuweilen kollektive Wochenendausflüge zu Autobahnraststätten, um des Duftes der großen weiten Welt teilhaftig zu werden. Besonders beliebt war das *Intershop*-Personal, das dank *Tchibo*-Goldkettchen und *4711* die Hautevolee der DDR bildete und das Auftauchen niederer Stände vor dem Ladentisch mit angewiderter Miene zu quittieren geruhte.

Jahresendprämie

Eigentlich dreizehntes Monatsgehalt. Wurde der Plan eines Betriebes erfüllt, worauf die Werktätigen in der Regel keinen oder nur geringen Einfluß hatten – die Planerfüllung lag fest in den Händen staatlich geschulter Rechenkünstler und Märchenerzähler (→ *Staatliche Plankommission*) –, so wurde die Jahresendprämie ausgeschüttet.

Köpenick, Lichtenberg, Marzahn, Spandau, Wedding

Zu Stadtbezirken von Großberlin ernannte Dörfer. Die drei ersten liegen im einstmals sowjetischen, die übrigen im einstmals demokratischen Sektor der ehemaligen Reichshauptstadt.

Kollektiv der sozialistischen Arbeit

Auszeichnung für kollektive Werktätige oder Anwesende eines → *volkseigenen* Betriebes. Etwa Anfang November informierte die Leitung die betreffenden Kollegen, daß sie im auslaufenden Jahr um den Titel *Kollektiv der sozialistischen Arbeit* gekämpft hätten. Die allgemeine Verblüffung wich alsbald einer panischen Geschäftigkeit, welche die Produktion fast zum Erliegen brachte. Wandtafeln mußten erstellt, gemeinsame Theaterbesuche, Kegelabende, Brigadefeiern (rückwirkend!) organisiert und schöpferische Diskussionen ersonnen werden. Das alles diente dazu, das → *Brigadetagebuch*, heiligstes Relikt des Titelkampfes, auf den aktuellen Stand zu bringen.

Konfliktkommission

Wenn unter dem Einfluß von Alkohol oder Westfernsehen (→ *Löwenthal*) das sozialistische Bewußtsein aussetzte, kam es sehr leicht zu Vergehen, Verfehlungen, Ordnungswidrigkeiten oder gar Verletzungen der Schulpflicht. Natürlich verlangten vor allem Untaten wider das → *Volkseigentum* oder die Arbeitsmoral nach harter Bestrafung. Da die Betriebe nicht riskieren konnten, ihre stets raren Fachkräfte für längere Zeit dem Strafvollzug (→ *Bautzen*) zu überantworten, wählten die Gewerkschaftsleitungen Kommissionen zur außergerichtlichen Klärung. Ein solches Ehrenamt war äußerst begehrt. Durfte man doch auf diese Weise unsympathische Kollegen zu Gehaltseinbußen, der Teilnahme an unbezahlten Arbeitseinsät-

zen oder, in besonders schlimmen Fällen, zum Führen des →
Brigadetagebuchs verurteilen (→ *Kollektiv der sozialistischen Arbeit*).

Konsum, Verband der Konsumgenossenschaften

Durch einen Beschluß der *Sowjetischen Militäradministration (SMAD)* 1945 in der Ostzone wiedergegründete Selbsthilfegruppe hungernder Werktätiger. Winzige Rabattmarken machten die Konsumgenossenschaften schließlich zur größten zwanglosen Vereinigung von DDR-Bürgern. Folgende Erklärung des Phänomens gab 1974 *Meyers Jugendlexikon*: „Die Konsumgenossenschaft ist eine gesellschaftliche Massenorganisation und zugleich sozialistisches Handelsorgan. Als freiwillige Vereinigung von Verbrauchern (Konsumenten) versuchte sie früher, ihre Mitglieder vor dem kapitalistischen Preiswucher zu schützen. Im Sozialismus wirkt sie durch die Einbeziehung ihrer Mitglieder in die gesellschaftliche Leitung und Kontrolle der Versorgung als Schule sozialistischer Wirtschaftsführung."

Letzteres trug wesentlich zum Kollaps der DDR bei. Gelang es doch mit Hilfe der sozialistischen Wirtschaftsführung, das Angebot an begehrten Waren in den *Konsum*-Verkaufsstellen auffällig gering zu halten (→ *Bückware*).

Kundenbuch

In allen Verkaufsstellen ausliegendes Buch, in dem der Kunde seiner Unzufriedenheit Ausdruck verleihen konnte. Es änderte sich zwar meist nichts, aber laut Gesetz mußte ihm seitens der Verkaufsstelle binnen vierzehn Tagen eine Antwort zuteil werden. Beispiel: Eintrag: Warum gibt es wieder keine Bananen? Antwort: Wir bedauern zutiefst, ihren ausgefallenen Eßgewohnheiten nicht entsprechen zu können. Wir erlauben uns, Sie auf das reichhaltige Angebot von Zuckerrüben aufmerksam zu machen. Mit sozialistischem Gruß ...

Löwenthal, hier: Gerhard

Im Westen nahezu unbekannter Journalist, der mit dem *ZDF-Magazin* etwa dieselbe Beliebtheit erlangte wie Karl-Eduard von Schnitzler mit dem *Schwarzen Kanal* (→ *Adlershof*). Vom Mainzer Lerchenberg herunter verkündete Löwenthal in den siebziger und achtziger Jahren die Verbrechen des Honecker- und sonstiger bolschewistischer Regimes. Über „Mörder, Diebe, Homosexuelle und andere Kriminelle" hingegen echauffierte er sich zuletzt am 1. Februar 1978. Auf der schwarz-braunen Seele lasteten dem Berufsvertriebenen jedoch vor allem die „annektierten Ostgebiete". Seine Leidensmiene ließ vermuten, Ostpreußen, Schlesien und Sudetenland seien ihm persönlich aus den Rippen geschnitten worden.

Aufsehenerregend ist Löwenthals Talent, Anführungszeichen akustisch erfahrbar zu machen, so bei der Buchstabenkombination $D - D - R$. Ein Zusammenhang mit seinem ruinösen Gebiß konnte bislang nicht nachgewiesen werden.

Marode, hier: DDR-Wirtschaft

Gewiß eines der beliebtesten Worte der Wendezeit und als solches feinste französische Importware. „Maraud" wird in Frankreich der Lump, der liederliche, genannt. Aber „lumpige DDR-Wirtschaft" zu sagen wäre uns heldenhaften Ossis denn doch nicht zuzumuten gewesen. Leider überließ der naive ostdeutsche Maraud seine marode Wirtschaft später leichtfertig einem gewieften Westverwandten namens Marodeur, dessen Berufsbild mit „Plündern eroberten Territoriums" hinreichend beschrieben ist.

Nudossi

Ganz Schlaue könnten dies für die erste urkundliche Erwähnung des Ossis halten, wobei die Vorsilbe „Nud" auf den nackten Ossi verweise. Dies ist unrichtig. Richtig ist, daß dies der Handelsname eines Brotaufstrichs war. Vergleiche mit dem westlichen Nährmittel *Nutella* verbieten sich allerdings, denn im Unterschied zu diesem war *Nudossi* mit Geschmack versehen. Außerdem war es ein reines Naturprodukt; auf Konservierungsstoffe konnte bei solcherart → *Bückware* getrost verzichtet werden. Interessanterweise wurden *Nudossi* und sein Compagnon *Nußpli* in denselben Gefäßen vertrieben wie → *Bautz'ner Senf*, wenngleich mit anderem Etikett.

Pionierorganisation, hier: „Ernst Thälmann"

Nicht zu verwechseln mit der Jungen Gemeinde oder den Pfadfindern! – Mit Geboten, die da beispielsweise lauteten: „Hilf bei der Zuckerrübenpflege und bei der Geflügelzucht! Lerne begreifen, warum es nützlich ist, Mais anzubauen! Übe dich, eine Kochstelle zu bauen, dich zu tarnen und im Gelände geräuschlos zu bewegen! Du solltest einige Volkslieder singen und Gedichte rezitieren können!" versuchte die Pionierorganisation, die Kinder (Kids!) auf ein Überleben im Sozialismus vorzubereiten.

Präsent 20, hier: Anzug

Unter dieser Marke firmierte ein in den Jahren 1967/68 aus der Chemiefaser → *Dederon* entwickeltes textiles Material, das unter der Losung „Wir decken den Gabentisch zum 20. Geburtstag der Republik" am 7. Oktober 1969 eingeführt wurde. *Präsent 20* war eine überaus vielseitig verwendbare Wirkware: Von der Herrenkonfektion bis zum erotischen Dessous – *Präsent 20* wurde zur Säule sozialistischer Bekleidungskultur der siebziger Jahre und dürfte in seiner Farbenfreude der letzte Schrei bei heutigen plateaubesohlten Kids, Teens und Twens sein.

REWATEX

Auch: „Ein Programm der Reinlichkeit". Ursprung des Namens unbekannt, vermutlich Abkürzung von „Reklamationswarte verlorengegangener oder vertauschter Textilien". Beliebtes Dienstleistungsunternehmen für Bürger der DDR, die sich keine → *WM 66* leisten konnten.

Robur, Lo 1000

Der legendäre Dreitonner aus den Zittauer *Robur*-Werken wurde in seiner Heimat meist liebevoll „Ello" genannt. Der variantenreiche Frontlenker avancierte – wie sein fünftonniger Bruder *W 50* aus dem brandenburgischen Ludwigsfelde – zu einem Exportschlager und ist in vielen Ländern anzutreffen, insbesondere in Afrika und Asien. – Warum? Lkws mit dem Quadrat der *Industrievereinigung Fahrzeugbau (IFA)* am Kühlergrill hatten die segensreiche Eigenschaft, überaus robust zu sein und selbst von technischen Laien repariert werden zu können. Sie, liebe Westmenschen, mögen leichtfertig das altmodische Design der IFA-Fahrerhäuser belächeln, aber haben Sie schon mal über die geschoßabweisende Form all der Rundungen nachgedacht?

Schalck-Golodkowski, hier: Alexander

Hochrangiger → *Stasi*-Offizier. Derzeitiger Wohnort ist eine Villa am Tegernsee (Bayern), um die Erich Honecker ihn wohl beneidet hätte. Einst leitete er immerhin vierzehn Außenhandelsfirmen. Jene „Bereich Kommerzielle Koordinierung" genannten Betriebe waren in der DDR ziemlich unbeliebt. Immer, wenn die Devisen knapp wurden, verramschte „KoKo" kurzfristig Waren auf dem Weltmarkt, die dann bei → *Konsum* und → *HO* fehlten. Als Marktwirtschaftler war Schalck ebenso genial wie er noch heute als Freund bayerischer Politiker und Geschäftsleute beliebt ist.

SKET

Kürzel und Markenzeichen für das *Schwermaschinenbaukombinat „Ernst Thälmann"*, beheimatet in Magdeburg, der bis 1989 und seitdem verdientermaßen nie wieder als solche bezeichneten „Stadt des Schwermaschinenbaus". Der Anlagenbauer *SKET* war der größte Industriebetrieb der DDR und hatte einige zehntausend Beschäftigte. Hergestellt wurden so verdächtige Dinge wie Herde, Kabel- und Verseilmaschinen, Walzwerke und Zementanlagen. Vorsichtshalber versah man nach der „Wende" auch *SKET* mit dem Prädikat → *marode*. Das Resultat ist hinlänglich bekannt.

Staatliche Plankommission, SPK

Beliebtes Gesellschaftsspiel der DDR-Wirtschaftselite. Ziel war die „planmäßig-proportionale Entwicklung der Volkswirtschaft". Hierzu sammelte die SPK zunächst die geschönten Daten aus den → *volkseigenen* Kombinaten und Betrieben sowie die ebenfalls geschönten Analysen von Wirtschaftsinstituten. Dann begann sie – unter besonderer Berücksichtigung persönlicher Wünsche der Parteiführung –, einen Jahreswirtschaftsplan bzw. den Fünfjahrplan für die Volkswirtschaft auszuarbeiten. Die Ergebnisse dessen wurden dann noch mit dem Faktor 1,5 multipliziert und von der Volkskammer einstimmig zum Gesetz erhoben. Die SPK war wichtigstes Bilanzorgan der DDR, das heißt, sie entschied über die Zuweisung materieller Güter an die Betriebe. Mitunter bekamen diese sogar Waren zugewiesen, die sie wirklich benötigten.

Staatsreserve, hier: Depot der

Mit der sogenannten Staatsreserve – vergleichbar etwa mit der Westberliner Senatsreserve – bildete die DDR materielle Risikofonds unter dem Motto „Essen, Trinken und Energie für den Notfall".

In tunlichst geheim gehaltenen Lagern betrieb man eine bedeutende Vorratswirtschaft mit strategisch wichtigen Roh- und Brennstoffen sowie Nahrungsgütern. Freilich hielten diese nicht ewig und mußten regelmäßig ausgetauscht werden. Dieser Umstand bescherte der Bevölkerung von Zeit zu Zeit kulinarische Höhepunkte. Umfaßte die Staatsreserve doch nicht allein Spitzenprodukte der → *volkseigenen* Nahrungsgüterindustrie, sondern auch begehrte Importkonserven. Tauchten also in der örtlichen → *HO*-Verkaufsstelle unverhofft eine Palette Corned beef oder eine Kiste sauer eingelegter polnischer Waldpilze auf, so konnte man erleichtert aufatmen: Die Staatsreserve war gesichert.

Stasi, auch: MfS

Volkstümlicher Ausdruck für das Organ des Ministerrates „zur Gewährleistung des Schutzes und der Sicherheit der DDR vor verbrecherischen Anschlägen imperialistischer Geheimdienste und Agentenorganisationen", so das *Kleine politische Wörterbuch*. Seit 1990 gilt das besondere Interesse der geheimdienstlosen BRD dem „engen Vertrauensverhältnis zu den Werktätigen", auf das sich das Ministerium für Staatssicherheit stützte.

Nebenbei: Es hieß nie „der Staatssicherheitsdienst" oder gar „der Stasi", sondern stets „die Stasi". Ferner war niemals von „der Firma" die Rede (sofern nicht die CIA gemeint war) und erst recht nicht von „Schlapphüten". Umgangssprachliche Namen lauteten hingegen *Horch & Guck* oder – in Anlehnung an das Kürzel MfS – *Memphis*. Die Fortsetzung des MfS mit freiheitlich-demokratischen Mitteln trägt verdientermaßen den Namen des Pfarrers *Gauck*.

Straßenbahn

Elektrisch betriebenes, schienengebundenes Beförderungsmittel im Ostteil der Stadt Berlin; im Westteil weitgehend unbekannt, weil seit Jahrzehnten nicht mehr vorhanden. Um die östliche Straßenbahn (→ *Tatra-Bahn*) dem westlichen Standard anzugleichen, wurde sie zwar nicht abgeschafft, aber alle Linien mit neuen Nummern versehen. Ein ehrgeiziges und gelungenes Unternehmen der Berliner Verkehrsgesellschaft *BVG*, den Straßenumbenennungen Konkurrenz zu machen! Das Vorhaben, alle Ossis ebenfalls umzubenennen, konnte bisher noch nicht verwirklicht werden.

Tatra-Bahn

Im Rahmen von Sozialistischer Ökonomischer Integration und internationaler Arbeitsteilung vom ČSSR-Kombinat *Tatra* in Plzen hergestellter Typ formschöner und geräuscharmer → *Straßenbahnen*, der in fast allen sozialistischen Bruderländern im Einsatz war und teilweise bis heute ist.

Thälmann-Pionier

Zehn- bis vierzehnjähriges Mitglied der → *Pionierorganisation „Ernst Thälmann"*. Besonderes Kennzeichen: möglichst stolz zu tragendes rotes Halstuch aus → *Dederon*, das sich durch die Kunstfertigkeit seines Knotens auszeichnete. Unausweichliche höhere Entwicklungsstufe eines jeden Jung-Pioniers (Alter zwischen sechs und neun Jahren, besonderes Kennzeichen: blaues Halstuch).

Volkseigentum, volkseigen

Oder mit anderen Worten: „Was des Volkes Hände schaffen, ist des Volkes eigen!" Ein durchaus irreführender Begriff, der wesentlich zum Untergang der DDR beigetragen hat. Bezog er sich doch vor allem auf die Produktionsmittel und natürlichen Reichtümer. Leider verschwamm im Laufe der Zeit (→ *Wandlitz*) zunehmend der Unterschied zwischen Volks- und Privateigentum. Es trat das ein, was in der bundesdeutschen Wirtschaft treffend als „Mitnahmeeffekt" bezeichnet wird. In der DDR umschrieb man dieses Phänomen auf heitere Weise: Gäbe es einen Magneten fürs Volkseigentum, so fiele manche private → *Datscha* in sich zusammen.

Wandlitz

Genauer: Waldsiedlung Wandlitz. In den märkischen Sand gesetztes ghettohaftes Rückzugsgebiet für die Mitglieder der Partei- und Staatsführung der DDR. Wegen des dortigen Luxus zugleich verhaßtes Synonym für deren persönliche Bereicherung am → *Volkseigentum*. Villenorte wie Wandlitz gibt es heute zwar zu Dutzenden, aber zum Glück wurde das Volkseigentum abgeschafft. So muß sich heute kein Präsident, Minister, Konzernchef oder Bundestagsabgeordneter mehr vorwerfen lassen, er hätte sich daran bereichert.

WM 66, Schwarzenberg

Eigentlich: „Waschmaschine 66", wobei die Zahl auf das Konstruktionsjahr verweist. Dem Ort seiner Produktion verdankt das Gerät seinen Kosenamen „Kleine Schwarzenberg". In der Tat war sie winzig klein, und somit selbst bei beengten Wohnverhältnissen gut unterzubringen. Die *WM 66* gehörte zum einen in die Kategorie der Top-Lader und zum anderen in die der Wellrad- oder Bottichwaschmaschinen. Besonders beliebt waren die Ausführungen mit Laugenpumpe (LP). Doch wie viele Haushaltshilfen war auch die WM 66 vielseitig einsetzbar. Auf Jahrmärkten wurde sie zur Zubereitung heißer Würstchen verwendet, im Haushalt außer zum Wäschewaschen auch zum Einwecken. In ihrem Edelstahlbottich fanden immerhin acht (!) Einweckgläser Platz.

Hrsg. von Stefan Etgeton und Sabine Hark

Freundschaft unter Vorbehalt

Chancen und Grenzen lesbisch-schwuler Bündnisse

ISBN 3-89656-023-9

Stefan Etgeton und Sabine Hark (Hg.)

Freundschaft unter Vorbehalt

Chancen und Grenzen lesbisch-schwuler Bündnisse

Streitbare AutorInnen diskutieren über Visionen und Barrieren lesbisch-schwuler Zusammenarbeit und fragen, was Lesben und Schwule verbindet und trennt. Lesbisch-schwule Projekte werden unter die Lupe genommen, kontroverse Diskussionen dokumentiert und der Raum für neue Fragen geöffnet. Wer über den lesbischen bzw. schwulen Tellerrand hinausblicken will und Lust auf neue Bündnisse hat, wird viele Anregungen finden.

QUER VERLAG